Andreas Vierk
Café Shirokko

AF191891

1

Herstellung und Verlag:
BoD - Books on Demand, Norderstedt
ISBN 978-3-8391-0276-3

Andreas Vierk

Café Shirokko

Kurzgeschichten, lyrische Prosa, Biographien

Ein genialer Wissenschaftler

Jetzt geht das Türschloss und wie jeden Tag tritt Doktor Verhaeren herein. Er setzt sich schweigend zu mir und sieht mich wie immer forschend an. Seine Augen bohren sich durch meine Augen direkt in mein Gehirn und scheinen etwas herausziehen zu wollen. Es ist eine Art Spiel zwischen uns: wer zuerst die Augen niederschlägt, hat verloren. Sein Blick ist mörderisch, trotzdem habe ich bislang jedesmal den Sieg davongetragen. Noch bevor er zu blinzeln beginnt, nehmen die Züge eine Art Demutshaltung an. Er ist ein schonungslos offener Mensch, der mich mit sanfter Stimme jedesmal im Laufe unseres täglichen Gespräches für einen absolut hoffnungslosen Fall erklärt, was dem Eingeständnis einer Niederlage gleichkommt. Jenseits des Forscherinteresses, das uns verbindet, ja zu Verbündeten macht, liegt noch etwas anderes: Ich weiß, dass er mich verehrt. Er tut es, seit ich ihm ins Gesicht sagte, dass er und seine Psychologensippe doch im Grunde nichts anderes täten, als ich getan habe, nur eben in einer anderen Sparte der Wissenschaft. Dies nur, um den Vorwurf zu entkräften, meine Forschungen lägen weiter ab von einem eigentlichen beruflichen Gebrauchszweck als sein unvermeidlich freudsches Dogmengeschwätz.

Ich heiße Hermes Widergang und bin – oder war bis kurzem – Doktor der Gynäkologie und übte meinen Beruf als Geburtshelfer zwar nicht widerwillig, aber ohne die rechte Lust aus. Mein eigentliches Interessengebiet, meine geheime Berufung, ist die Chirurgie. Zwar wurde ich als Chirurg nie anerkannt und in den fünfziger Jahren dieser Fakultät verwiesen, doch führte ich bis vor kurzem meine Forschungen in meinem Privathaus fort. Allerdings fehlten mir nicht selten die Mittel, die für mein Vorhaben von Nöten waren, doch Dank eines guten Freundes, dessen Namen ich nicht nennen will, da er sonst mit großen Unannehmlichkeiten zu rechnen hätte, gelang es mir von Zeit zu Zeit die Objekte für meine Forschungen in meinen Besitz zu bekommen.

Ich darf mich wohl mit Fug und Recht als genial bezeichnen, denn schon in früher Jugend offenbarte sich meine Neigung und fand ihren ersten Höhepunkt, als es mir gelang, den Kopf einer Fliege auf den Körper eines Regenwurmes zu verpflanzen. Meine Mutter hatte meine Forschungen zuerst toleriert, obwohl sie sich über die anwachsenden Häufchen toter Insekten und Kriechtiere oft beschwerte. An jenem denkwürdigen Tag, als ich voller Stolz über meine erste wirkliche Leistung beim Abendbrot saß, hörte ich meine Mutter plötzlich einen Schrei ausstoßen, und als ich die Treppe hinaufgeeilt war und in mein Zimmer stürzte, sah ich sie ohnmächtig neben dem kleinen Glaskasten liegen, in welchem mein Regenwurm sich nach oben krümmend zu fliegen versuchte. Von da an verlor diese Frau jeglichen mütterlichen Stolz, verbot mir strikt meine Forschungen und ließ nichts unversucht, mir künftig dreimal am Tag meine Gefühlskälte nachzuweisen, wie es auch später meine Haushälterin tat, die zwar ein wesentlich robusteres Weib war, sich jedoch dennoch zur Kündigung genötigt fühlte. Was meiner Wissenschaft zum Durchbruch verhalf, war die sich anbahnende Freundschaft zu jenem oben erwähnten Kollegen, dem die undankbare Aufgabe oblag, nicht lebensfähige Neugeborene dem Gnadentod zuzuführen und sie dann, ohne dass ihre Mütter sie je zu Gesicht bekämen, diskret – wie sagt man heute – zu entsorgen. Meine Verbindungen zu einem Totengräber wirkten sich ebenfalls sehr befruchtend auf meine Tätigkeiten aus. Ein winziger Sarg, kaum grösser, als ein Schuh, hübsche Kränze und einige Sträuße weißer Rosen und Lilien… Niemand bemerkte, dass die Särge keinen Inhalt hatten.

Ich möchte an dieser Stelle betonen, dass ich nicht, wie Verhaeren mir weißzumachen versucht, wahnsinnig bin. Ich bin ein kühler, objektiver Geist, voll humanem Sendungsbewusstsein, der nichts anderes wollte, als Leben zu retten und dazu beizutragen, den Menschen zu seiner wissenschaftlichen Höhe empor zu heben. Ich halte es für ausgemacht ignorant, mich nun auch meiner privaten, bahnbrechenden Forschungsarbeit zu entheben. Es ist Freiheitsberaubung, mich seit drei Monaten in diesem Sanatorium festzuhalten. Man verhaftete mich gerade, als es mir gelungen war, ein Neugeborenes zu retten, das blind und mit schweren körperlichen Fehlern zur Welt kam. Ich hatte ihm zum Sehen verholfen und sämtliche physischen Defizite behoben. Leider konnte ich nicht lange meinen Erfolg auskosten. Es begann gerade nach seiner Flasche zu schreien, und entkam den Armen eines Polizisten, indem es mit den Krallen nach ihm schlug und mit einem graziösen Sprung auf dem Laborschrank landete, von wo aus es mir, als man mir die Handschellen anlegte, einen letzten Blick aus seinen leuchtenden Katzenaugen zuwarf.

9

Die Heimkehr

Er kommt als einer der Wenigen zurück in die Stadt seiner Kindheit mit ihren geschrumpften, altersschwachen Straßenzügen, dem Regen aus buntem Papier, den Fahnen, die wie Zungen erlegter Drachen aus den dunklen Fenstern hängen. Die Häuser scheinen unmerklich und wie in Trance zu schwanken in den Druckwellen mehrerer Kirchenglocken und der großen Glocke des Rathauses, vor der er sich als Kind immer gefürchtet hatte. Er hört den Lärm wie aus weiter Ferne, nimmt ihn überhaupt mehr als Schwingung in der Luft und gespannte Sehnen im Boden wahr. Am besten wäre es, wenn niemand von der Granate erfahren würde, die sein Gehör fast ausgeschaltet hatte. Die Frauen heben ihm ihre Kinder entgegen, die nach Brot und Küche riechen, und wecken in ihm Bedauern, den großen Schmerz gebärender Frauen nicht nachfühlen zu können, der sich als ernste Ruhe niederschlägt in ihren erdigen, gestillten Gesichtern. Auf dem Wagen stehend, passiert er die Hauptstraße mit den unbeteiligten Straßenbäumen und schwebt durch die fanatischen Augen der Festredner und Mütter als dankbare Vision des zurückgekehrten Sohnes. Der Wagen rollt durch die Brandung erhobener Hände, die ihn erreichen wollen und benetzen.
Vertrat er all diese Fremden? – Seine Ideen sind wie Frauen, die diese Leute für ihn bestimmten, sind ungeliebte aber gelegentlich vergewaltigte Engel, die abseits stehen und ihn aus der Menge der Jubelnden feindselig anblicken. An seinen Handgelenken spürt er den unbegreiflichen Druck von Seilen. So steht er auf

dem Wagen, die Hände hinterm Rücken, den Kopf gesenkt.

Später im Zimmer mit den weißgekalkten Wänden und
den von weichen, scheu geflohenen Händen frisch
gemachten Bett, schlägt die Stille ganz über ihm zusammen und lähmt seinen ausgestreckten Leib. Er
wird nicht auf den Balkon hinaus treten. Konstante
Trauer frisst an seinem Herzen. Eine tödliche Säure,
ein kleines Tier.
Er erhebt sich, schraubt die lächerlich kleine Flasche
auf und geht zum Handwaschbecken. Der Inhalt rieselt
weiß und pulverig in ein Glas, dessen Boden er gerade
bedeckt. Luftballons und Papierschlangen fliegen am
Fenster vorbei. Wir sehen in ihm die Häuser und
Straßen seiner Stadt, die Augen der Bittsteller und die
Fäuste seiner Feinde. Das Wasser fließt ins Glas und
sofort löst sich das Pulver in eine milchige Flüssigkeit
auf. Er trinkt das Glas aus, und sein Mund füllt sich mit
Bitternis. Er hat Angst, seine letzten Gedanken nicht
zu Ende denken zu können.
Es war ein guter Einfall gewesen, damals vor der Ab-
fahrt des Zuges in seine Heimatstadt, alles zu ver-
nichten, was der Nachwelt Anlass zum Geschwätz gegeben hätte. Dies ausgeschnittene Bild, diese Reise-
spielerei auf einer Landkarte hätten seinem nach-
gelassenen Gesicht einen Zug von Unmoral oder
etwas Kindliches verleihen können. Man hätte sonst
alles, was sich in ihm gesammelt hatte, was ihn um-
gab und in ihm zum Ausdruck kam, rücksichtslos ans
Licht gezerrt. Aber wir leben tausendfach weiter in den
Herzen und Hirnen Dritter. Man gibt uns keine Chance,
das Leben als ideale, gereinigte Form zu hinterlassen.
  Was wäre jetzt wohl das Gesicht, das zu ihm passen
würde? Er muss ihnen eins hinterlassen; dem jungen

Mann, der von ihm enttäuscht sein wird und dennoch leise um Erlaubnis fragen wird, ihm die Augen zudrücken zu dürfen; der Frau, die seinen gesenkten Kopf vor einigen Minuten für Ergriffenheit hielt. Er muss ihnen ein besonderes Gesicht lassen, ein kapriziöses, unerwartetes Testament. Daher zieht er einen Mundwinkel hoch, wie ein Vagant zu grinsen...

Später dann suchte man bei ihm etwas Persönliches, ein Bild seiner Mutter vielleicht oder den Brief einer Geliebten. Man öffnete seinen Koffer und fand darin, unter gebügelten Hemden, Unterwäsche und Socken, auch ein Glas. Es war an seiner Öffnung mit einem blau karierten Tuch bedeckt und mit einer hübschen roten Kordel zugebunden. Den Inhalt hielt man zuerst für Honig, sah aber bald, dass das Glas bis fast an den Rand mit sauber polierten Goldzähnen gefüllt war.

Draußen befreiten sich die Bäume wieder von einigen Blättern, und die Stimmen der auf der Straße Feiernden waren leise zu vernehmen. Es war Herbst.

Wie man sanft erlischt

Als Herr Nemesius – verheiratet, Vater einer erwachsenen Tochter – eines Morgens neben seiner Frau erwachte, war er merklich blasser als sonst. Er war ein lebenslustiger, etwas korpulenter Mann in den Fünfzigern, normalerweise von guter Gesundheit. Er fühlte sich damals auch nicht unwohl und leistete sanften Widerstand, als ihm seine besorgte Gattin das Fieber messen wollte. Herr Nemesius ging auch wie immer an seinen Arbeitsplatz. Er war Büroangestellter mit gutem Gehalt. Seinen Kollegen fiel die ungesunde Farbe seines Gesichtes und seiner Hände ebenfalls auf. Auf ihre Frage, ob er schlecht geschlafen habe, bemerkte Herr Nemesius lediglich, er habe sich am Abend zuvor mit seiner Tochter gestritten, die vor Kurzem aus dem Elternhaus ausgezogen war und nun um einige Möbel und einen kleinen Fernsehapparat bat. Herr Nemesius hatte sich mit einer detaillierten Darstellung der Besitzverhältnisse dagegen verwahrt: seine Tochter solle „anständig arbeiten gehen", um sich einen eigenen Hausstand zu schaffen. Besagte Tochter, eine junge, erfolglose Dichterin, warf ihrem Vater im Verlauf des Streites vor, er verstünde nichts vom Leben, ja er wäre nichts ohne die Dinge in seiner Wohnung, worauf Herr Nemesius das Gespräch mit der Bemerkung abschloss, seine Tochter habe recht: Besitz sei Leben, und er zahle ihr keinen Hosenknopf.

In den folgenden Tagen erbleichte Herr Nemesius immer mehr, obwohl er sich auch weiterhin bester Gesundheit erfreute. Er schien auch ein wenig abzunehmen, jedenfalls fühlte er sich merklich leichter.

Eines Sonntags schließlich erwachte seine Frau neben ihm, zog die Vorhänge zurück und konnte einen Schrei gerade noch unterdrücken. Ihr Gatte, marmorbleich und leicht phosphoreszierend, schien einige Millimeter über dem Bett zu schweben. Frau Nemesius versuchte durch Drücken auf seine Brust ihren Mann auf das Bett hinunter zu bekommen, worauf dieser erwachte und sich über das unsanfte Gewecktwerden aus einem schönen Traum beschwerte. Frau Nemesius sagte vorerst nichts, da ihr Mann von seinen Veränderungen nichts zu merken schien. Sie beobachtete sein Verhalten jedoch den ganzen Tag über mit wachsender Besorgnis, denn er schien durch die Wohnung zu schweben wie eine junge Balletttänzerin.

Die nächsten Tage brachten neue Schrecknisse. Frau Nemesius bemerkte, dass die Blässe ihres Mannes soweit fortgeschritten war, dass die Gegenstände der Wohnung durch seinen Körper schwach sichtbar waren. Herr Nemesius selbst schien sich in diesem Zustand zu gefallen, obwohl ihn seine anerzogene Bescheidenheit davon abhielt, großes Aufsehens davon zu machen. Von seiner wachsenden Transparenz schien auch jegliches Kleidungsstück in Mitleidenschaft gezogen zu werden. Zudem brauchte er keinen Schritt mehr zu gehen: er schwebte durch die Wohnung, immer einen Meter über dem Teppich, mit leicht angewinkelten Beinen. Natürlich fing er jetzt an, auch selbst ernsthafte Befürchtungen zu hegen. Er meldete sich telefonisch krank, ein Hausarzt wurde eingeweiht und verließ erschüttert und ratlos das Haus.

Dass Herr Nemesius mit jedem Tag heiserer wurde, bemerkte man vorerst nicht. Dann bot dies neuen Anlass zur Besorgnis, da seine Stimme zuletzt kaum mehr ein leises Hauchen war. Dies war die Zeit, in der

Herr Nemesius auch den Höhenunterschied variieren konnte. Manchmal schien er fast auf dem Boden zu laufen, zu anderen Zeiten hing er stundenlang an der Zimmerdecke, und er tat dies mit Vorliebe kopfunter. Seine Lieblingsbeschäftigung war nun, sich seiner Frau von hinten zu nähern und sie durch Pusten in den Nacken zu erschrecken. Kaum mehr als ein dunkler Schemen war von ihm noch zu erkennen, und seine Stimme war gänzlich verstummt. Dann eines Tages war er fort. Man wusste nicht genau, ob er durchs geöffnete Fenster entflogen war, ob er vielleicht lautlos verpufft war oder ob er nur für unsere Sinne fort war, welche nur das Physische begreifen können. Seine Frau jedenfalls – sie lebt heute unter ständiger psychiatrischer Beobachtung – meinte noch lange Zeit eine Art außerkörperlicher Präsenz zu verspüren, etwas, das sich in ihre Gedanken und Sinne einschlich, beispielsweise wenn sie sich auf dem Lieblingssessel ihres Gatten niederlassen wollte oder wenn sie im Fernsehen ein anderes Programm als seine Lieblingssendungen gewählt hatte. Auch die Tochter des Herrn Nemesius, welche nach dem Nervenzusammenbruch ihrer Mutter nach und nach die Möbel aus der leerstehenden Wohnung mitnahm, verspürte einen „permanenten Druck in der Seele", immer wenn sie die Wohnung betrat. Gestern wurde das Haus aus verschiedenen Gründen abgerissen. Frau Nemesius bekam einen hysterischen Anfall.

Diese Geschichte könnte bei einigen Lesern Spott oder Schadenfreude über den seltsamen Fortgang des Herrn Nemesius hervorrufen. Verfechter des jenseitigen Lebens werden die Erzählung vielleicht als Beweis für ein außerkörperliches Existenzvermögen der Seele nehmen.

Ach Freunde, wir alle müssen gehen, und die einzige Unterscheidung ist doch die Würde, mit der wir gelebt haben.

Standortbestimmung

Als ich im Jahr 2014 in der Porzellanstadt Meißen einen Trilobiten erstand, musste ich mir einmal mehr die Frage stellen, ob wir wirklich der Gipfelpunkt der Schöpfung sind. Spirituell mag das sein. Physisch sind wir kaum in der Lage, uns ohne Kleidung und Unterkunft gegen das Wetter zur Wehr zu setzen, für dessen fortgesetzte Wärmeperiode wir möglicherweise unbeabsichtigt verantwortlich sind, da unsere Kühe uns das Klima dankenswerterweise erträglich pupsen. Genetisch sind wir mit den Obstfliegen näher verwandt als mit irgend einem anderen Lebewesen, und ein Genom mehr würde uns flugs in eine Art Monsterkartoffelpflanze verwandeln.

Um unsere zeitliche Standortbestimmung auszumachen, muss ich etwas weiter ausholen: Die Erde ist circa 4,6 Milliarden Jahre alt, eine Zeit, von der wir uns auch bei größter Denkanstrengung keine Vorstellung machen können. Dieser Planet war ungefähr die Hälfte seines bisherigen Daseins eine glühende Kugel. (Also, liebe Kinder, Finger weg!) Paläontologen konnten Leben schon vor 2,9 Milliarden Jahren ausmachen. Der Satz bedeutet natürlich, dass es zu dieser Zeit vermutlich Leben gegeben hat, nicht, dass damals schon Paläontologen gelebt hätten. Allerdings wurde der Gründer der „Hare-Krishna-Gemeinschaft" nicht müde zu behaupten, in der Vorzeit wäre der einzelne Mensch über einhundert tausend Jahre alt geworden...

Zu dieser Zeit gab es noch kein Land, sondern der ganze Planet war ein einziger Ozean aus Süßwasser. Auch dies klingt paradiesisch, ist aber real. Der heutige Salzgehalt der Meere ist vermutlich das Resultat mehrerer katastrophaler Komenteneinschläge, die jedesmal fast alles Leben bis auf einen geringen Rest ausgelöscht haben. Auch die Atmosphäre war damals eine andere als heute, da die jetzige das Ergebnis der Sauerstoffumwandlung auf Grund des Atems der Landpflanzen ist. Um sich die Atmosphäre vor etwa zwei Milliarden Jahren vorstellen zu können, verlängere man durch einen Schlauch das Auspuffrohr eines Autos ohne Katalysator, leite den Schlauch während der Fahrt ins Innere und fahre etwa fünf Kilometer. Das kommt der damaligen Atmosphäre im Wesentlichen gleich. Um das Ergebnis noch plastischer werden zu lassen, versuche man, ein Feuerzeug zu bedienen, so man noch lebt. (Liebe Kinder, bitte nicht nachmachen!)

Der Mensch der Gattung Homo Sapiens hat bislang keine 50.000 Jahre auf Erden gelebt. Gegenüber zwei Milliarden ist das weniger als ein Vierzigtausendstel der Geschichte des Planeten, also nicht das Siebtel, als das die Bibel den Menschen gern sehen möchte.

Unser nächstes Eckdatum ist eine Zeit, die vor etwa 543 Millionen Jahren anbricht. Man nennt diese Zeit üblicherweise die „Kambrische Explosion". Frühere Paläontologen fanden vor dieser Zeit kein Leben mehr. Es scheint in den Vorformen all seiner späteren Arten auf einmal entstanden zu sein. Jetzt erst tauchen vor dem Auge des Forschers eindeutige Fossilien auf. Das liegt daran, dass sehr viele Arten praktisch auf einmal (also innerhalb weniger Millionen Jahre) die einzigen beiden Grundstoffe aus sich selbst entwickeln, die letztendlich fossilierbar sind: Kalzium und Fluor, also die Stoffe, die für Panzer, Exoskelette, Endoskelette, Mandibeln, Klauen, Zähne und ähnliches verantwortlich zeichnen. Es ist als pflanze ein Gärtner Blumen verschiedenster Art, weil er weiß, dass diese in einer bestimmten Jahreszeit gleichzeitig blühen werden. Nüchterner könnte man die Kambrische Explosion mit dem Wort „Metamutation" ausdrücken.

Ich komme nun zu dem Erwerb meines Trilobiten zurück, der wohl vor circa 358 Millionen Jahren versteinert wurde. Er ist ungefähr so groß wie eine Biene und sieht einer Assel entfernt ähnlich. Trilobiten starben mit all ihren Arten und Unterarten vor etwa 300 Millionen Jahren aus, nachdem sie den Wasserplaneten Erde etwa ebenso lang bevölkert hatten, also etwa 6000 Mal länger als der Homo Sapiens (von dessen Daseinszeit etwa 40.000 Jahre auf die Steinzeit fallen und 5000 auf das Zeitalter der Zivilisation).

Übrigens geht man davon aus, dass es ebenso Trilobiten mit langen Stacheln gegeben haben muss, wie vielleicht farbige Exemplare oder sogar phosphoreszierend leuchtende. Früher stellte man sich die sehr lange nach ihnen lebenden Dinosaurierarten plump und etwas dämlich vor, während man heutzutage „Reportagen" zu sehen bekommt, die nicht nur tricktechnisch sensationell sind, sondern auch viele Saurier wie übergroße Laufvögel aussehen lassen, die ihre Weibchen in Explosionen grellster Farben anbalzen. Die Wahrheit mag wie so oft in der Mitte liegen, trotzdem kann man nicht nur behaupten, Gott würfle nicht, sondern auch, dass er es nicht nötig hatte, jemals zu experimentieren. Aber von den vergleichsweise modernen Sauriern zurück zu ihren fernen Urahnen, den Trilobiten.

Die Versteinerung eines Trilobiten muss nicht zwangsläufig von einer Katastrophe wie dem Tod des einzelnen Lebewesens künden – es kann auch ein Häutungsrest sein. Mein Trilobit mag vielleicht sogar gewusst haben, dass ich seinen Panzer eines fernen Tages in einem Geschäft in Meißen erstehen würde. Er ist also sozusagen ein prophetischer Trilobit. Das ist natürlich ein Scherz. Vielleicht war ich auch selber dieser Trilobitenprophet und wusste zudem um meine spätere Reinkarnation als Mensch. Welch kapriziöses Vermächtnis, sich die eigene Haut zu hinterlassen! Falls ich Sie in dieser Zeit gebissen oder angeknabbert haben sollte, bitte ich um Verzeihung.

Warum wird eigentlich in allen Religionen, die von Reinkarnation wissen, behauptet, Wiederverkörperungen verliefen linear in der Zeit? Jedes zwischen den Epochen springende Wesen hätte das Potential die Zeitlinie zu verändern, so dass es letztendlich ein Gewirr aus Zeitlinien geben würde.

Es wird von ernstzunehmenden Physikern behauptet, das Universum hätte kein Außen. Ein Universum von der Größe einer Walnuss wäre somit genauso unendlich, wie das All, das wir letztendlich bewohnen. Auch mag es nicht nur ein Universum geben, sondern in letzter Zeit denkt man über „Multiversen" nach, die sich wohl gegenseitig durchdringen.

Damit ist unsere Standortsuche wieder im Chaos angelangt. Laut der offiziellen hinduistischen Religionsphilosophie ist dieses Chaos eine Art Schleier, hinter dem sich das wahre Sein, das Transzendente verbirgt. Diese Erkenntnis ist im menschlichen Geist gewachsen. Spirituell gesehen ist er die Krone der Schöpfung. Zumindest auf *diesem* Planeten.

Die goldene Maske

I

Vor ca. 3200 Jahren starb in Ägypten ein erst 19 Jahre junger Mann aus ungeklärten Gründen. Ob er der leibliche Sohn seines Vorgängers, des Pharao Echnaton, gewesen war, weiß man nicht, nur dass er eine vermutliche Halbschwester, eine Tochter Nofretetes, geheiratet hatte, und so schon in sehr jungen Jahren zum Pharao Ägyptens aufstieg. Sein Erzieher war wohl eine Art General mit Namen Haremhab. Der Name des jungen Mannes: Tut-ench-Amun. Nach seinem frühen Hinscheiden wurde Haremhab der nächste Pharao.

Zu dieser Zeit bauten die Ägypter längst keine ihrer großen Pyramiden mehr. Grabräuber, gierig nach den goldenen Schätzen, wurden von den riesigen künstlichen Bergen nur angezogen, und Ägypten bestattete seine Könige längst in einem abgelegenen Tal und grub deren Gräber tief in die Erde. Aber auch dort waren die Mumien vor der Störung ihrer Totenruhe nicht sicher.

Im Jahr 1922 fand der Archäologe Howard Carter das Grab Tut-ench-Amuns. Aber auch ihm waren vor Jahrtausenden die Grabräuber zuvor gekommen. Sie waren in eine der vier hauptsächlichen Kammern eingedrungen, hatten dort unter den Kunstschätzen gewütet und waren aus unerklärlichen Gründen wieder abgezogen.

Carter fand das Grab jedoch in einem geradezu sensationell gut erhaltenen Zustand vor. Dieser englische Archäologe war für seine penible Handlungsweise bekannt. Er war einer der Ersten, der die Fundstücke *in situ*, das heißt direkt am Fundort, zunächst einmal fotografierte. Danach wurden die Stücke bis zur letzten unscheinbaren Perle numeriert. Erst dann ging Carter an eine vorsichtige, äußerst fachgerechte Erstrestaurierung, damit die Stücke nicht auf dem Weg aus dem Grab beschädigt werden konnten. Ein leeres nebenan gelegenes Pharaonengrab diente dem Archäologenteam um Carter nun als Laboratorium zur endgültigen Restaurierung, sowie als vorläufiges Museum. Auf diese Art behandelte Carter Fundstück um Fundstück, auf diese Art räumte er in mehreren Monaten, die von den heißen Sommern unterbrochen wurden, Raum um Raum das Grab des Tut-ench-Amun leer, bis man zuletzt an den innersten Schrein gelangte.

Diese Kompetenz und Ehrfurcht gegenüber den Kostbarkeiten der Vergangenheit war zu Carters Zeiten nicht immer gegeben. Hobbyarchäologen, die zufällig etwas Bedeutendes fanden, hatten oft nicht die Kenntnis der Behandlung der einzelnen Stücke und ihrer Materialien. Große Kunstschätze gelangten auf diese Weise auch auf den Schwarzen Markt, wo sie nicht selten auf Nimmerwiedersehen verschwanden.

Nicht so Howard Carter. Obwohl er wusste, dass er noch nicht ins innerste Geheimnis des Grabes vorgedrungen war, beräumte er geduldig sämtliche Vor- und Nebenkammern. Schließlich musste man das Mauerwerk der letzten Tür vorsichtig aufbrechen. Eine Lampe wurde durch die Öffnung geschoben und ihr Licht fiel auf eine reingoldene Wand. In diesem Schrein befand sich der Sarkophag des so jung verstorbenen Pharaos. Mühsam und mit Hilfe mehrerer Flaschenzüge und Winden musste der tonnenschwere Deckel gehoben werden. Darunter lag die Mumie in der innersten goldenen Umhüllung. Die Totenmaske aus feinstem Gold und anderen edlen Materialien wurde weltberühmt und gilt seither als eines der bekanntesten Kunstwerke Ägyptens. Als Carter sie zuerst sah, war er so gerührt, dass er schweigend und rückwärts den Raum verließ und minutenlang nicht ansprechbar war.

II

In meiner Kindheit, vor circa 40 Jahren, las ich ein Kinderbuch über die Ausgrabungen am Tut-ench-Amun-Grab. Gibt es heute noch Kinderbücher dieser Art? Ist heute noch ein Kind im Alter von vielleicht acht bis zehn Jahren für die Spannung und die Wunder solcher Ausgrabungen zu begeistern? Kann man heute noch Kinder und Jugendliche mit kulturellen Errungenschaften, Kunst, Erfindungen, Naturwundern und Ähnlichem in den Bann ziehen? Viele gute Kinderbücher und noch mehr gute Übersetzungen der großen Jugendromane sind seither vergriffen und werden in Vergessenheit geraten. Ich weiß sicher, dass in den Siebzigerjahren zumindest in den Alten Bundesländern (für die Neuen kann ich nicht sprechen) solcherart gute Literatur im Schwange war. Ich jedenfalls war schon damals im Zauberbann der Bücher gefangen. Nicht zuletzt die „Abenteuer" Howard Carters ließen mich die Außenwelt oft vergessen. Und wie gern hatte ich damals das Pharaonengrab im Grundriss aus Lego-Steinen aufgebaut! Oft musste natürlich die Fantasie fehlende Filigranität ersetzen. Ein Männchen oder mein Finger wurde zu Howard Carter, brach in das Grab ein, durfte nichts beschädigen und kämpfte sich herzklopfend bis in den goldenen Schrein der Mumie vor. Mochten andere Jungen vor der Tür Fußball spielen, mochten mir meine Eltern Eigenbrötlerei und Schlimmeres vorwerfen – alles verblasste schon früher gegen die leuchtende Welt der Literatur und meines einsamen stillen Spiels.

Die goldene Totenmaske des Tut-ench-Amun ist Ende des Jahres 2014 in einem Kairoer Museum bei Putzarbeiten schwer beschädigt worden. Einer museumseigenen Reinigungskolonne (auch dazu braucht es das nötige Fachwissen und Fingerspitzengefühl) fiel beim Abstauben die Maske, die 3000 Jahre makellos überdauert hatte, hinunter. Der geflochtene Kinnbart des Pharaos brach dabei ab. Der Leiter des Museums (!) wies seine Mitarbeiter daraufhin an, den Bart mit einem aggressiven Klebstoff wieder an das Kinn zu heften. Das rasch härtende Harz bildete seitdem eine hässliche Fuge von fast einem Zentimeter zwischen Kinn und Bart. Aber es sollte noch schlimmer kommen: von dem Kleber geriet etwas an die Kinn- und Wangenpartie der Maske. Der Versuch, den Klebstoff mit einem Spachtel (!) zu entfernen, riss deutlich sichtbare Kratzer und Riefen in das feine Gold der Maske. Ich hörte von dieser Katastrophe im Radio. Und was mich daran noch zusätzlich regelrecht verletzte, war die Art der Berichterstattung. Über den Vorfall wurde mehr oder weniger amüsiert gelacht. Man fand die Dummheit und Unvorsichtigkeit, die fahrlässige Behandlung dieses grandiosen Kunstschatzes allenfalls witzig.
…Inzwischen ist die Totenmaske des Tut-ench-Amun wieder restauriert worden.
Bilderstürmer hat es zu allen Zeiten und in allen Kulturen gegeben. Radikale Islamisten schossen auf

Buddha-Statuen und sind dabei, ganze alte Kulturstädte zerstören.

Was mir im Halse stecken bleibt, ist indess kein Lachen, sondern kalte Wut. Kunst- und Kulturschätze identifizieren die Menschheit. Sie heben uns Raubtiere, wenn auch nur für uns selbst, aus der Masse der Mitgeschöpfe hervor. Bei aller Zerstörungswut, aller von was auch immer gesteuerten Aggression, schärfen große Kunstwerke den Blick für das Schöne. Sie markieren den Grad der kulturellen Höhe der Nationen, die solche Kunstschätze schaffen oder geschaffen haben. Howard Carter kann sich glücklich schätzen, dass er die Barbarei an unserem wundervollen Erbe nicht mehr mit anzusehen braucht. Und wenn die Ehrfurcht davor in der Welt der Witzchen und der Gleichgültigkeit versinkt, dann geht vielleicht wirklich das Schiff der Menschen mit fliegenden Fahnen unter. Zumindest ist es ein Indiz dafür, dass die Intelligenz von Bord gegangen ist. Aber wenn wir schon die Segel streichen, sollten wir die Fahnen zumindest auf Halbmast wehen lassen.

Die Geschichte von den drei Räubern
Ein indisches Märchen

Ein reicher Kaufmann hatte sich einmal in einem dichten und finsteren Wald verirrt. Lang hatte er nach einem Ausgang gesucht, aber der Wald lichtete sich nicht. Stattdessen geriet der Kaufmann immer tiefer in das Brombeergestrüpp, aus dem er keinen Ausweg erkennen konnte. Es wurde Nacht, aber die Wipfel der Baumkronen neigten sich wie hohe, grausige Lauben über den verzweifelten Wanderer, so dass er sich auch nach den Sternen nicht orientieren konnte. Die Geräusche des Waldes verstummten nach und nach in ängstliches Lauschen, umso lauter pochte das Herz des Kaufmannes, umso rauschender narrten die eigenen Pulse sein Ohr. Endlich schien sich hinter den schwarzen Säulen eine Lichtung aufzutun. Wie ein Glühwürmchen nur war der winzige Funken des Feuers, und ehe der Wanderer es erkennen konnte, war er in die Falle gelaufen und drei Gestalten schreckten vor ihm hoch.

„Holla!" riefen drei grobe Stimmen, „Wen haben wir denn da?"

„Der Vogel ist uns von allein ins Netz geflogen!"

„Los!" schrie der größte und vierschrötigste der Räuber. „Schlagt ihn tot, dann nehmen wir den Beutel und haben eine Weile ein schönes Leben!"

Schon waren er und ein anderer Räuber über den Kaufmann hergefallen. Der taumelte vor Schrecken und Angst, als die beiden gewaltigen Schatten ihn übermochten.

„Halt!" schrie die dritte Stimme. „Raub, Vergewaltigung und Folter lass ich mir gefallen, aber Mord? Noch sucht man uns hier nicht im Wald…"

Der Kaufmann konnte indess schon den Anfang der Debatte nicht verstehen, denn er war in eine tiefe Ohnmacht gefallen.

Als seine Sinne langsam wiederkamen, sah er sich an einen Baum gefesselt, und er hatte einen Knebel im Mund. Längst war es wieder Vormittag geworden, aber die Sonnenstrahlen wollten auch die Lichtung nicht mit ihren goldenen Netzen überziehen. Beim fahlen Tageslicht sah der große, grobe Räuber, der ihn töten wollte, und der jetzt allein an der Asche des Feuers saß, gar nicht mehr so gefährlich aus. Er machte eher einen fetten und trägen Eindruck. Eben tat er sich an den Resten eines Bratens gütlich und leckte sich die Finger, dass dem Kaufmann der Magen grummelte. Ein zweiter Räuber betrat eben die Lichtung.

„Tamas", sprach er den Fetten an. „du hättest mir ruhig was übrig lassen können!"

„Unser Geldsack ist aufgewacht.", bemerkte Tamas statt einer Rechtfertigung. „Fünftausend goldene Taler ist er wert. Ich bin immer noch der Meinung, man sollte ihm einen Knüppel über den Schädel ziehen, dass er nie mehr aufwacht. Dann könnte man ihn ja im Laub verscharren, und wir machten uns mit dem Gold davon. Wenn du nur nicht solche Scheu vor Mord und Totschlag hättest."

„Ich habe keine Scheu vor Mord und Totschlag.", entgegnete der andere, der weitaus wilder aussah, als der dicke Tamas. Eine ausgebleichte Narbe zog sich quer über sein Gesicht und die Schneidezähne schienen ihm vor langer Zeit im Kampf ausgeschlagen.

„Ich muss mir nur nicht solche Dinge auf den Steckbrief schreiben lassen. Wir könnten dem Geldsack stattdessen solange Fingernagel auf Fingernagel ausziehen, bis er uns Wohnort und Angehörige nennt. Dann würden wir diese erpressen können. Mit einem einzigen Brief könnten wir die dreifache Summe aus ihm herausquetschen."

„Hm", hielt Tamas dagegen. „Das wäre mir viel zu riskant. Lieber den Spatz in der Hand, als die Taube auf dem Dach."

„Das ist es halt wieder!" rief der andere aus. „Aus purer Faulheit würdest du den Kaufmann tothauen! Ihr könnt euch doch so lange verstecken, bis ich mit dem Brief zu seinen Angehörigen gelangt wäre. Ihr glaubt doch wohl nicht, ich würde mich so einfach erwischen lassen?"

„Na gut", lenkte Tamas ein und nickte dem ihm offensichtlich Überlegenen zu. „Ehe ich mich schlagen lasse... Wo ist eigentlich der Friedfertige?"

„Weiß ich nicht. Vielleicht hat er wieder vor lauter Grübeln die Zeit vergessen. Wir können ja nochmal auf Rehe gehen. Ich habe Hunger."

„Wie? Jetzt am Vormittag auf Rehe?"

„So komm halt, du fauler Sack! Der Kaufmann ist gefesselt und der Friedfertige wird hier auf uns warten, wie immer. Mir ist es egal, ob wir ein Karnickel oder einen Braunbären zum Mittag fangen."

Tamas erhob sich ächzend und widerwillig und folgte dem anderen, der schon im Unterholz verschwand.

„So warte doch, Rajas! Warte doch!"

Kaum waren die beiden fort, versuchte sich der entsetzte Kaufmann mit aller Kraft von den Fesseln zu lösen, aber alle Anstrengung war vergeblich. Er wollte gerade resignieren, als er hinter sich Schritte vernahm.

„Pst! Nun hör schon auf, zu zappeln! Halt doch mal still."

Schon fühlte der Kaufmann die Handfesseln zerschnitten. Ein junger Mann mit einem angenehmen, etwas vergeistigten Gesicht trat vor ihn hin. Offensichtlich war das der Räuber, den die anderen beiden den Friedfertigen nannten. Er durchschnitt ihm auch das Seil an den Füßen und nahm ihm den Knebel aus dem Mund.

„Bleib nur still und mach dich leise und vorsichtig fort, ehe die anderen hier wieder auftauchen."

„Danke, dass du mich losgeschnitten hast!", flüsterte der Kaufmann und schüttelte die Hand des jungen Mannes. „Komm doch mit mir! Ich finde den Weg hier allein nicht hinaus. Und meine Familie würde dich reich belohnen!"

„Nein.", rief der andere. „Ich bin auch nur ein Räuber, der vom Gesetz gesucht wird. Ich habe mich schon zu tief in die Belange von Tamas und Rajas verstrickt."

„Aber dann sag mir doch wenigstens, welchen Weg ich einschlagen soll. Wo bin ich?"

Der Friedfertige blickte den Kaufmann an und schien nach Worten zu suchen.

„Ich kann dich nicht hier heraus führen. Von den Fesseln deiner Verirrung kannst nur du allein dich lösen. Du fragst, wo du bist? Dies ist der Wald der Illusionen. Er liegt in Wirklichkeit tief unter der Erde in einer Höhle. Diese besitzt keinen sichtbaren Ausgang, egal, in welcher Richtung du gehst. Die Höhle aber liegt in der tiefsten Stätte versenkt, die es im Universum gibt."

Den Kaufmann schauderte es. Der Räuber schien von dem wenigen Licht getroffen, dass es hier gab. Sein

Haar glomm und seine Stirn war so weiß, dass sie eben so gut hätte aus Alabaster sein können.

„Wo", entrang sich die Stimme dem Kaufmann: „wo ist diese tiefste Stätte im Universum?"

„Sie ist wieder in einer Höhle", antwortete der Räuber „Und diese ist dein eigenes dunkles und irrendes Herz!"

Mythische Wanderung

Grüner Malachit. Wellen, im Auslaufen erstarrt, wie die Jahresringe der Bäume. Versteinertes Ufer, unbeweglicher Wald von tiefem, glanzlosem Grün, das nur tönt vom Gebrüll der Tiere. Grüner Malachit.

Wellen im Auslaufen erstarrt. Ich lief hinaus und tauchte bis an die Schultern in die Flut. Der Delphin nahm mich auf seinen Rücken. Es ging zu den Inseln des Rausches, von denen man nur zurückkehrt als alter, blinder Mann voller Weisheit.

Tief in den bewegten Wäldern der Flut nahm die Seelilie die Spange aus ihrem Haar. Wie die Muschel den Atem des Gischtes in ihrer Erinnerung bewahrt, so hielten die Medusen sein Bild in ihrer Bewegung. Sah auch Korallenfische am unbegreiflichen Herzen der Tiefe.

Traf auch Kameraden am Ufer. Jünglinge, Männer wie ich mit dunklen Augen, Greise, die sich furchtsam durch Galerien versteinerter Farne, Bärlappgewächse und Schachtelpalmen tasteten. Windlose Vegetation.

Wir tranken Honig aus den Höhlungen vergessener Bienen, berauschten uns an ihm, und der weite Bogen des Ufers war belebt vom Hall unserer Stimmen. Stille Seen, geschliffene Spiegelsäle des Schweigens. Meine verdunkelten Augen trieben in den Sternen, mein geschärftes Gehör vertiefte sich in die Zwiesprache der Planeten. Meine braune, knochige Hand griff ins

Wasser und sammelte Gestein, um noch einmal zu sehen: den Smaragd, der das Murmeln der Flüsse in grünes Schweigen verwandelt: den Amethyst, der geschaffen wurde, als Nacht und Erde bei einander lagen; den Rubin, der allen Schmerz des Vergehens in einem unverbrüchlichen Tropfen Blutes hält; den Topas, der unsere Adern und Nerven zyklisch durchschauert. Ich fand sie nicht. Meine Hand schloss sich nur um einen Stein von seltsamer Kälte. Ich hob ihn ans Gesicht, aber meine Augen trugen Schlüssel aus Spiegelglas.

Es hieß Abschied nehmen. Ich befühlte noch einmal die vertrauten Gesichter der Freunde und ritt heim auf dem Paradiesvogel, von dem man sagt, er schliefe, liebe und vergehe in der Luft. Er stürzte mit mir hinab. So fiel ich durchs Dunkel meiner Nacht, fiel und fiel und wusste nicht mehr: fiel ich oder stieg ich hinauf? Ich öffnete die Hand, fühlte und erkannte den Stein. Vermeinte zu sehen: grüner Malachit. Wellen im Auslaufen erstarrt wie die Jahresringe der Bäume...

Der Tod des Li Tai-bo

So betrunken wie Li Tai-bo müsste man sein! – Er fuhr mit Freunden unter Zymbelklängen den nächtlichen Fluss hinab, und es war ihm, als führe er in den Sternen. Lichter lagen im Wasser und standen hoch in den warmen braunen Winden. Taumelten und fielen die zerschlissenen Ränder des Himmels hinab. Glühwürmchen umschwärmten die an Stangen getragenen Lampions, und einige Mücken verzischten glückselig in den flammenden Herzen. Die schöne Freundin hing trunken in Li's Arm und sang eine leise traurige Melodie. Ihr Leib war ganz kühl vom fiebrigen Schweiß des Weines. Ach, Li wollte keine Frau mehr lieben, nur das erschöpfte Gesicht an die kühle Wange des Mondes legen. Da schwamm ruhig im Fluss neben dem Boot her: ein großer träger leuchtender Fisch. Und Li-bo hörte schon nicht mehr die erschrockenen Rufe der Freunde, als sich das beleuchtete Heck des Bootes in der Nacht verlor. Nur der Zymbelklang schwang noch in seinem Herzen fort, und die Flut hatte kühl sein glühendes Haar gelöscht.

Leuthard, ein Bauer

Der Bauer Leuthard kommt eines Tages wie immer von der Feldarbeit zurück in die engen Gässchen seines Heimatdorfes Vertus in der Champagne. Es ist das Jahr 1000 oder 1001 und auf viele machte die magische Jahreszahl einen großen Eindruck. Der Untergang der Welt wurde erwartet, und man rechnete mit der Wiederkunft Christi. Leuthard betritt seine dürftige Stube. Seine Frau bringt ihm seine Abendmahlzeit, und während des Essens beginnt Leuthard ihr von den Männern zu erzählen, mit denen er seit mehreren Tagen auf dem Feld oder auf dem Heimweg gesprochen hat. Man hätte neue Erkenntnisse gewonnen: im fernen Konstantinopel predigte man eine neue, reinere Lehre. Nicht nur Jesus, nein auch der Satan wäre der Sohn Gottes, wie ja geschrieben stünde im Buch des Hiob. Leuthards Frau hört ihrem Mann beunruhigt zu. Als er ihr von der Unreinheit ihrer Ehe spricht, die er künftig nicht mehr mit ihr zu vollziehen gedenkt, macht sie sich ernsthafte Sorgen über den Geisteszustand ihres Mannes. Sie hat auch schon von anderen Bauern der Umgegend gehört, die ebenfalls die neue Lehre verbreiten. Bislang schien ihr das nicht sehr gefährlich, nun aber munkelt man, es gäbe schon Aufständische, die sich weigerten, den Kirchenzehnten abzuführen. Als eines Tages auch Leuthard der Kirche den Zehnten versagen will, packt seine Frau die Angst. Es kommt zum Streit zwischen den Eheleuten. Nachbarn sehen die Frau weinend aus dem Haus rennen. Am nächsten Tag zerschlägt Leuthard alle Kreuze seiner Dorfkirche. Er reißt sie aus den Gräbern seiner Verwandten, und stürzt das Kruzifix des Altares.

Im Jahr 1004 wird der Bauer verhaftet und vor den Bischof von Châlons geführt. Am Ende der Unterredung stürzt sich Leuthard in einen Brunnen. Die Bewegung seiner Anhänger erlischt und alles scheint wieder wie früher. Bauern arbeiten auf ihren Feldern, die Dorfkirche und den Kirchgarten hat man wieder in Ordnung gebracht. Der Zehnte wird gezahlt. Schließlich will man ja nicht im Turm landen.

In ganz Frankreich hat es solche Leuthards gegeben. Zuerst waren es Einzelgänger. Mit der Zeit aber wuchs sich ihre Bewegung zu der abendländischen Sonderkirche schlechthin aus: den Katharern.

Göttliche Schokolade

I

O göttlicher Xocolatl! Aztekisches Getränk der Himmlischen! Rotes Gemisch aus Beeren, Chili und Schoten, aus allem, was dunkel die Erde opfert den Menschen.

„Dies ist mein Blut, für euch vergossen", spricht die Gottheit, „pflanzlich und rot, wie Tomaten und Paprika."

„Und eventuell", so könnten wir hinzusetzen, „so rot, wie die frische Schote des Kakao."

Wenn es so war, wenn der Kakao mit im Spiel war, so müssen wir uns vor Augen führen, dass die Azteken Eroberer waren. Wir sehen all die Arbeitssklaven aus den unterjochten Völkern vor uns, wie sie nackt und hakennasig das Blut der Götter ernten: die letzten Nachfahren der alten und heiligen Olmeken, Erbauer der schwarzen Mondpyramiden, die Chichimeken, die Mixteken und wie sie alle hießen.

Moctezuma. Dies war der Name des Herrschers, Genießers des göttlichen Xocolatl und bereits der letzte seines Geschlechtes. Schon schritten die weißen Götter durch den Dschungel und über den roten Ocker der sonnigen Erde. Himmlische Wesen, die Regenschlangengötter, vierbeinig, zweiköpfig, der obere Teil glänzend wie Silber. Die Leute Cortés', des Eroberers der Eroberer, Rebellen, aus Spanien vertrieben, erste Soldateska des Allerkatholischsten Königs, Auswurf der Renaissance und des ausklingenden Mittelalters.

…Moctezuma residiert in Tenochtitlán, von Seen umgebene, brunnendurchsetzte Stadt. Sie bildet das Zentrum des heutigen Mexiko-City. Es ist ein heller Festtag mit Sänften und Umzügen. Cortés kommt in die Stadt. Moctezuma verbeugt sich unterm Baldachin, verlässt seine Sänfte jedoch nicht. Des Herrschers Fuß darf die Erde nicht berühren. Später kostet Cortés den roten Xocolatl. Er speit das Getränk aus. „Welch ein Schweinesud!" ruft er angewidert aus. Der Gott ist beleidigt. Der blutige Eroberer schreckt bestürzt zurück, als er in die Tempel Tenochtitláns geführt wird, angeblich seine Stätten. In dicken Schichten klebt das Blut der Geopferten an den Säulen und rinnt zähflüssig über Wände und Treppen. Cortés hat einen moralischen Grund gefunden, dieses goldene Barbarenvolk auszurotten.

II

Dennoch gelangt die Kakaobohne (und mit ihr die Kakaopresse zur Herstellung der Fladen) durch Cortés nach Spanien. Dort wird die königliche Schokolade ängstlich gehütet. Ihr bitteres Geheimnis wird in winzigen Schlucken zu medizinischen Zwecken in Apotheken dargeboten: kostbarer Trank in Regalen zusammen mit den zerpulverten Mumienbinden aus uralten ägyptischen Gräbern, mit ersten Brillengläsern und Tinte von Sepien, Entdeckungen neuester Zeit und dem dunklen Mummenschanz der letzten Welle der Pest.
Königliche Schokolade! Bald schon trittst du wieder ins Sonnenlicht. Lang lässt sich dein Geheimnis nicht hüten. Schon trinken dich die adligen Madrileninnen täglich. Europa verneigt sich vor dir wie vor chinesischem Tee und arabischem Kaffee. Zucker umkleidet, um-

krustet dein bitteres Herz. Wie Gold und Silber wirst du in kleine Barren gepresst, zunächst noch, um dich in heißer Milch zu schmelzen, und schließlich, um dich süß und kalt als Tafel zu genießen. Pfefferminze und andere Aromen, Nüsse und Früchte werden dir zugesetzt.

Noch immer muss der Arbeiter in Brasilien und Mexiko hart und lang für dich arbeiten. Schlecht bezahlt und von der Sonne gepeitscht, muss er schuften für die Märkte im kalten Europa. Bitter wird ihm dein bitteres Herz. Chili tritt in der neuesten Zeit wieder zur Süße, der Anteil des Kakao erhöht sich wieder. Was bitter und kostbar war im Aztekischen Reich: das göttliche Blut hört nicht auf zu pulsieren. Königliche Schokolade!

Das Dreigestirn

Kho Liang Ie

Der berühmte chinesische Möbeldesigner Kho Liang Ie wurde 1927 in Magelang (Indonesien) geboren. Indonesien war damals noch holländische Kolonie, aber wir wissen nicht mehr, warum Kho in den späten 40er Jahren nach den Niederlanden emigrierte. Wahrscheinlich sind wirtschaftliche Gründe. Jedenfalls kommt er nach eigenen Worten „ungefähr 1949" – also mit circa 22 Jahren – nach Amsterdam. Fast legendarisch mutet es an, dass er bereits ein Jahr später an der Gerrit-Rietveld-Akademie in Amsterdam Design und Innenarchitektur studierte. Nach dem erfolgreichen Abschluss dieses Studiums 1954 ging seine bemerkenswert steile Karriere als Designer weiter. Noch im Abschlussjahr wurde er Stilberater für die Goed-Wonen-Foundation in Rotterdam. Es fällt auf, dass Kho Liang Ie praktisch sofort nach seinem Studium beratende Tätigkeiten aufnahm. Er muss von Anfang an ein hohes ästhetisches Bewusstsein gehabt haben und auch eine gute Menschenkenntnis. Ihn interessierte nicht nur das Design, sondern auch der Designer und er zeigte auch hier in der Folge seine ausgesprochen glückliche Hand. Kho's Tätigkeit bei Goed-Wonen währte bis 1956.
Im Jahr 1958 wird er von Artifort als ästhetischer Berater eingestellt, was sich als äußerst fruchtbares Arbeitsverhältnis erweist, denn Kho übt seine Tätigkeit dreistrangig aus. Er ist für Artifort nicht nur Möbeldesigner, sondern holt für das aufstrebende Unternehmen Designer wie Pierre Paulin und Geoffrey Har-

court mit ins Boot. Kho wird außerdem für seine Kongresse und Ausstellungen bekannt, die er regelmäßig organisiert, und die die Firma Artifort über die niederländischen Grenzen zur internationalen Marke werden ließen.

Die vorher eher bieder zu nennenden Produkte Artiforts zwang Kho durch streng formale Zurückhaltung und schuf so eine spezifisch niederländische Formidee, die man vielleicht „gezügelte Opulenz" nennen könnte.

Seinen Schwerpunkt legte Kho Liang le auf das Sofadesign. Schwelgende Rundungen sind hier völlig aufgegeben worden. Erstmalig in Europa verlieren die Sofas ihr bis dahin typisches braunes Leder zugunsten pastellfarbiger Stoffbezüge. Die Rückenlehnen schweben schmal und oftmals nur angedeutet hinter den Sitzflächen. Kho's Sofas sind im Grunde Hybridmöbel, die das schlanke Design von Sitzbänken haben, ohne etwas vom Sofakomfort aufzugeben. Es fällt auf, dass die Möbel Kho Liang le's so gar nichts spezifisch „Asiatisches" haben.

Mit Harry Sierman entwickelte Kho 1964 ein neues Firmenlogo für Artifort, das noch heute das Markenzeichen der Firma ist. Als Mitte der 60er Jahre der Amsterdamer Flughafen Schiphol für den internationalen Flugverkehr ausgebaut wurde, arbeitete Kho Liang le mit am Design seiner Inneneinrichtung.

Der sympathische Pfeifenraucher starb völlig überraschend an Neujahr 1975. Er wurde nur 47 Jahre alt.

Geoffrey Harcourt

Der Möbeldesigner Geoffrey Harcourt wurde 1935 in London geboren. Seine Lehrzeit absolvierte er an der technischen Hochschule in High Wycombe und wurde dann am Londoner Royal College of Art ausgebildet. Harcourt gehört zu den Produktgestaltern, die in den frühen 60ern von dem ästhetischen Berater Kho Liang le in das niederländische Unternehmen Artifort berufen wurden. Wie Kho's und auch Paulins Designs, wurden Harcourts Möbelentwürfe für den Stil Artiforts wegweisend. Gleichzeitig wurde der englische Designer von Artifort der Öffentlichkeit bekannt gemacht und trug selbst mit dazu bei, die niederländische Firma dem internationalen Markt zu öffnen.

„First the man, than the chair". Harcourts Maxime ist meist eingehalten worden. Eine Ausnahme stellt sein spektakuläres Sofa Chaise Longue C248 dar, ein Entwurf aus dem Jahr 1973. Hartcourt designte das Sofa als Hommage an die Entwürfe seines Kollegen Pierre Paulin. Die Chaise Longue, die den Spitznamen „Cleopatra" bekam, könnte in Design und Ausstattung an die Tongue-Sitzgruppe Paulins erinnern, wären nicht als Detail unter der organischen Form vier winzige Rollen angebracht, die wie die Füße eines Insektes wirken und den Betrachter an surreale Bilder gemahnen. So krümmt sich das Sofa denn auch gleich einer Raupe nach oben und erhält so eine Kopfstütze, die in ihrer Fortführung die Rückenlehne des Sofas andeutet. Das Sofa zählt zu den bekanntesten Möbeln Harcourts.

…Seine Designs der 60er Dekade dienten der Ausstattung öffentlicher Plätze. Wartehallen und Lounges wurden mit Harcourts edel-markanten Interieurs möbliert. Sein Schwerpunkt verlegte sich in den 80er Jahren auf den Business-Bereich, der von Artifort bis dahin noch nicht bedient wurde.

Bis in die neueste Zeit arbeitete Geoffrey Harcourt von seinem Studio in Benson, Oxfordshire, aus. Er ist Preisträger des britischen Royal Designer for Industry'-Awards.

Pierre Paulin

Der französische Produktgestalter Pierre Paulin wurde am 9.7.1927 in Paris geboren. Er studierte Design an der Pariser Camondo-Schule. Seine praktische Ausbildung folgte 1954 im traditionsreichen deutschen Unternehmen Thonet, für das er bereits in dieser Zeit preisgekrönte Möbel entwarf.

1958 folgte Paulin dem Ruf Kho Liang Ie's in das niederländische Unternehmen Artifort. Hier änderte sich Paulins Design radikal. Schon auf einer der ersten von Kho inszenierten Ausstellungen rief er mit einer muschelförmigen Sitzgruppe außerordentliches Aufsehen hervor. Paulin trat jetzt zunehmend mit runden, menschlichen Körperpartien nachempfundenen Formen an die Öffentlichkeit. Die Farbgebung reizte durch ihre Buntheit. Paulin bezog seine Sitzmöbel – zunächst in Ermangelung geeigneterer Materialien – unter anderem mit Stoffen für Badeanzüge.

Dieses Design polarisierte, schockierte und setzte Maßstäbe für die Zukunft. Es erweiterte das Spektrum nicht nur Artiforts, sondern revolutionierte den Markt des gesamten Designs und rückte den Möbelhersteller in ein völlig neues Licht.

Typisch für den Stil Paulins ist der Sessel Tongue für Artifort, ein Möbel in einem weichen kühnen S-Kurvenschwung, der menschlichen Zunge nachempfunden. Es verzichtet vollständig auf Stuhlbeine und gibt dem Körper einen extrem tiefen Sitz. Da der Sessel vollständig bezogen ist, vermittelt er den Eindruck, aus einem einzigen Material zu bestehen.

Hier wird Design von der Gebrauchskunst wieder zur reinen Kunst im nachahmenden aristotelischen Sinne zurückgeführt. Und wieder einmal folgt die Form der Funktion, befreit sich und wird L'Art pour L'Art.

Pierre Paulin erwarb sich zudem nachhaltigen Ruf durch die Umgestaltung der Inneneinrichtung des Elyseepalastes im Auftrag Georges Pompidous und später François Mitterrands. Im Jahr 2008 wurde Paulin mit einer Retrospektive mit dem Titel „Das Design der Macht" geehrt.

Er starb ein Jahr später am 13. Juni 2009 im Alter von 81 Jahren in einem Krankenhaus in Montpellier und wurde im Kreise seiner Familie in Nîmes beigesetzt. Bedeutende Museen wie das New Yorker Museum of Modern Art (MoMA) stellen dauerhaft Sammlungen von Designermöbeln Pierre Paulins aus.

Die Kammer der Weisheit und Frömmigkeit

Als ich als kleiner Junge einmal im Krankenhaus war, bekam ich von meiner Oma ein Kindersachbuch über Vögel geschenkt. Damals, in den frühen Siebzigern gab es in solchen Kinderbüchern eher liebevolle Malereien als Fotos. Gleich auf einer der ersten Seiten war ein Meerespanorama abgebildet, das einen kleinen Laufsaurier sowie möwenartige Urvögel am Strand und über den Wellen zeigte. Sofort zog mich diese Doppelseite hypnotisch in ihren Bann. Als ich mich dennoch von ihr gelöst hatte, blätterten sich die Wunder der anderen Bild- und Textseiten auf: Vögel in diversen Lebensräumen, der Sonnenvogel und der Tukan in einem lichtdurchfluteten Dschungel, Möwen und Seeschwalben vor weiten Horizonten, Rennkuckucke zwischen Kandelaberkakteen in einer amerikanischen Wüste und noch so vieles mehr. An frühere Kinder- und Vorlesebücher kann ich mich nicht erinnern. Das Vogelbuch ist der Keim zu meiner relativ umfangreichen Bibliothek geworden. Und es steht noch immer im Regal. Kinderbücher dieser Reihe mögen sich jetzt, da ich erwachen bin, vielleicht etwas merkwürdig lesen, aber dümmlich sind die Texte selten. Ich bekam und besorgte mir als Kind noch mehr dieser Bücher.

Arno Schmidt teilte die Leser amerikanischer Abenteuerbücher einmal in zwei grundlegende Fraktionen ein: in die Leser von Karl May und in solche von J.F. Cooper. Wie Schmidt gehöre auch ich eindeutig zu den Cooperianern. Von derselben Oma, die mir das Vogelbuch schenkte, wünschte ich mir einst Coopers

Roman „Der letzte Mohikaner". Aus irgendeinem Grund war es meiner Oma nicht möglich, mir dieses Buch zu besorgen. Ich bekam statt dessen Karl Mays „Von Baghdad nach Stambul". Heute würde ich es wohl verstehen, aber als Kind war mir das Dauergequatsche von Figuren wie „Tante Droll" oder „Hadschi Halef Omar Ben Hadschi Abul Abas Ibn Hadschi Davud Al Gossara" zu viel, und das Buch war für mich eine große Enttäuschung. Umso mehr sank es ab, als ich tatsächlich mit circa zehn Jahren begann, Coopers „Lederstrumpferzählungen" zu lesen. Ich muss gestehen, dass es mir nicht auf Anhieb gelang, diesen Mordsbrocken zu bewältigen, zumal Cooper den Hang hat, erst einmal die politischen, strategischen und gesellschaftlichen Situationen zu klären, bevor er seine Helden in ihrer Abenteuerkulisse so tief leiden lässt. Die Indianer Coopers sind jenen Karl Mays an Authenzität turmhoch überlegen. An dieser Stelle möchte ich noch einmal den Niedergang guter Übersetzungen beklagen. In Zeiten, in denen Kinder und Jugendliche im Internet unterwegs sind, gibt sich niemand mehr der schweren und tiefen Sprache Coopers hin. Die Bücher werden gekürzt, und die Figuren reden flapsiger. Ich werde nicht müde, das zu bedauern.

Mit der Zeit wuchsen meine Bücher zu einer Reihe von circa hundert an. Ich lebte noch immer in der elterlichen Wohnung in meinem Kinderzimmer. Früher schon hatte mir meine Mutter mitgeteilt, ich würde „wie ein Spastiker in den Sandkasten hopsen". Dies war vermutlich die Initialzündung meines Rückzuges von den Spielen mit Altersgenossen und Klassenkameraden. Mehr und mehr versank ich in einer Welt mit anderen Helden als denen, denen meine Umwelt huldigte, Helden, deren Geschichten ich nicht nach außen tragen konnte, ohne Spott und wunderliche Blicke zu ernten. Die pazifischen Abenteurer von Thor Heyerdahls „Kon Tiki" gehörten ebenso dazu wie die alten Griechen vor Troja, zwar noch nicht in der Form der Ilias, aber in den anregenden Erzählungen Gustav Schwabs. Zu dieser Zeit begannen auch erste Dichter, wie Gottfried Benn und Paul Celan, mein Regal zu erobern.

Man sollte nicht meinen, wie übersichtlich einhundert Bücher noch sein können, dennoch stellte sich mir die Frage nach der Ordnung dieser Bücher. Eine hübsche Idee kam von meinem Vater. Man sollte sie nach Farbe und Größe sortieren. Nichts gegen meinen Vater. Sein Vorschlag hatte zumindest das raumdesignerische Moment auf seiner Seite. Aber es ist, gelinde gesagt, eine bescheuerte Idee. Die Ordnung nach dem Autoren-ABC ist da schon etwas besser, wenngleich es auch Bücher gibt, deren Autoren viele oder nicht mehr geklärte Autoritäten sind. Wo also sollte man die Bibel einordnen? Unter G, wie Gott? Nun, wenigstens werden formal verschiedene Schriften eines einzigen Autors nicht auseinander gerissen, und sein Gesamtwerk, wenn man es denn besitzt, bleibt als Ganzes bestehen.

Bei dem Wort „Gesamtwerk" fällt mir eine kleine Geschichte ein. Als ich meine Lehre beendet hatte, fand ich nur sehr schwer einen Job. Schließlich war ich in einem Flughafenrestaurant als Tellerwäscher gelandet. Zu dieser Zeit zählte der amerikanische Romancier William Faulkner zu meinen Lieblingsautoren. Ich besaß zwar einiges von ihm, aber nicht alles. Das Gesamtwerk dieses Schriftstellers, hieß es, wäre leider vergriffen. In Zeiten, in denen es noch keinen Internetverkauf gab, war das Wort „vergriffen" für Suchende ungefähr so grausam wie: „Für Ihr Meerschweinchen besteht leider keine Hoffnung mehr." Meine Arbeit als Spüler brachte mir eine halbmondförmige Knochenerweichung am Handgelenk ein. Ich war deshalb krank geschrieben und trug den Unterarm in einer Schiene. Auf einer meiner Fahrten durch die Stadt kam ich an einer kleinen, völlig unscheinbaren Buchhandlung vorbei, und im Schaufenster stand im Pappschuber die vollständige Ausgabe der Werke William Faulkners. Ich hatte genug Geld in der Tasche, erwarb die schwere Bücherreihe und trug sie die ganze stundenlange Busfahrt auf meinem eingeschienten Arm wie ein Baby nach Hause.

Aber weiter zur Ordnung des inzwischen auf ungefähr fünfhundert Bücher angewachsenen Wissensschatzes. Die Zuordnung nach dem Autoren-ABC weist noch einen weiteren fatalen Fehler auf. Nicht alle Autoren haben wirklich große Namen, wie Cooper, Shakespeare oder Homer. Sachbücher, so anregend sie sein mögen, können auch von Autoren mit Namen Peter Müller oder Dieter Dings geschrieben worden sein. Kommt man nun nicht auf den Namen des Autors, dann wird es schwierig, sein Buch zu finden. Vielleicht wäre also eher eine alphabetische Ordnung nach Titeln eine Option. Nun gibt es leider aber auch Buchtitel wie „Gedichte", „Neue Gedichte" oder „Werke in einem Band". Ein leichter Weg war nicht zu finden, also ging ich den schwierigsten. Ich ordnete meine Bücher letztendlich nach Nationen und innerhalb der Nationen nach Zeit. Als Berliner fing ich selbstverständlich mit meinen Heimatland an. Die damalige Zweiteilung dieses Landes konnte ich getrost ignorieren und nahm mehr oder weniger unbekümmert auch noch Österreich, die Schweiz und sogar die Niederlande mit dazu. Die Lage dieses relativ großen Landstriches in der Mitte Europas implizierte nun eine Art schneckenhausförmiger Reise rund um diesen herum. Die Richtung ist völlig egal, Hauptsache, die in den Büchern aufscheinenden Nationen werden gestreift. Aber ach... Die daneben bestehende Ordnung nach Zeit ist national völlig korrekt, grenzübergreifend ergibt sich aber das Gegenteil von Logik. Hört also Deutschland mit einem zeitgenössischen Autoren, sagen wir Günter Grass, auf, so wird sein unmittelbarer französischer Nachbar vielleicht etwa Rabelais sein, ein Autor aus der Renaissance, wenn nicht noch ein Früherer. Die einzige Möglichkeit dieser Misere entgegenzusteuern, besteht nun darin, jeweils ein Land zeitlich vorwärts zu ordnen, das Nachbarland rückwärts, dessen Nachbarn wieder vorwärts und so immer weiter, bis wir auf unserer spiraligen Reise wieder am Ausgangspunkt sind und den ganzen Kontinent kulturell abgegrast haben. Asien wäre dann möglicherweise die nächste Meta-Etappe, worauf wir wieder von Land zu Land zehn Schritte vor, neun zurück, zwölf vor, vier zurück, oder so ähnlich durch das Raumzeit-Kontinuum tanzen. So steht Rabelais wenigstens neben Morus, und die späteste chinesische Epoche gleitet zwanglos in die entsprechende japanische über. Über die zahllosen Fehler, Unwägbarkeiten und Ausnahmen, die dieses letztendlich von mir gewählte Ordungssystem mit sich bringt, schweige ich in diesem Rahmen lieber still, zumal ich später noch das europäische Mittelalter der Zuordnung von Ländern überordnete und noch später die Antike vor das Mittelalter setzte, wobei ich die klassischen Griechen notgedrungen von den modernen trennen musste. In Italien musste deshalb auch

Tacitus von Pier Paolo Pasolini schweren Herzens Abschied nehmen. Hinter all diesen Länderreisen und Tanzschritten durch die Zeiten blieben gleichsam als Treibgut alle Fach-, Sach-, Sprach- und Gesetzbücher zurück, und alles, was sich jeder Zuordung entzog. Eigentlich lief ich nun erst recht Gefahr, gar nichts mehr zu finden. Eine Excel-Tabelle, in die ich alle Bücher samt Neuerwerbungen aufnahm, brachte Erleichterung in der Suche. Ich nenne dieses System scherzhaft Doppelte Buchführung.

Von 1987 bis 2011 lebte ich allein in einer kleinen, verfallenden und verseuchten Wohnung in einem tristen Slum mitten in Berlin. Der Wohnraum war mit alten Möbeln vollgestellt, die Türen gingen nicht richtig auf, aber für die Bücher, die das erste Tausend bereits überschritten hatten, musste natürlich Platz geschaffen werden. In einer Ecke, in der früher ein Ofen gestanden hatte, baute ich vier schwere Regale im Karee zusammen und ließ mir einen schmalen Durchstieg, so dass ich diese dunkle Ecke innen und außen mit Büchern befrachten konnte. Dieses Ensemble nannte ich liebevoll meine „Kammer der Weisheit und Frömmigkeit". Es ging mir in dieser langen Zeit seelisch und körperlich schlecht. Die Bibel hatte von mir Besitz ergriffen und viele Übersetzungen, Kommentare, Teilausgaben und Lexika benötigten fast ein ganzes Regal. Eine meiner damaligen Freundinnen, mit der ich mehrere Jahre zusammen war, besuchte mich nur ein einziges Mal in dieser Wohnung, bevor sie sie sichtbar angewidert verließ. Ihr „Hobby" waren Haustiere, und als wir zueinander ziehen wollten, war klar, dass „lebende Tiere vor die ollen Bücher gehen, die ja wohl tot sind". Überhaupt schien jedermann etwas gegen meine Bücher zu haben, die ich natürlich mit Händen und

Füßen verteidigte. Meine Eltern befürchteten, dass die Last der Regale „irgendwann beim Nachbarn unter dir durchkrachen werden". Die einzige Möglichkeit, diese Katastrophe abzuwenden, wäre sich zehn oder zwanzig „Lieblingsbücher" auszuwählen und den Rest zu entsorgen. Über eine andere Freundin sollte ich mich damals einer evangelikalen Sekte anschließen, die alle Bücher, die keine Bibeln wären als „Satanskram" bezeichnete. Diese Leute rieten mir, meine Bücher im Hof zu sammeln und sie „zum Zeichen klaren Bekenntnisses zu Christus" dort zu verbrennen. Diese „Dreiunddreißiger-Methode" war der Anlass für mich, eher die Finger von der Sekte, als von den Büchern zu lassen. Vor meinem geistigen Auge sah ich mich im Keller sitzen, um heimlich und verschlagen grinsend die Sünde zu begehen und eines meiner übrig gelassenen Bücher zu lesen. Schließlich machte ich doch von dem Vorschlag der Sekte Gebrauch und schmiss über hundert Bücher bei Nacht und Nebel in den Müll – alles Bibeln.

Auf dem Tiefpunkt meines Lebens lernte ich eine andere, mir seelisch sehr nahe Freundin kennen, die mir half, mein Leben von Grund auf zu ändern und meine Bücher dabei auch noch mitzunehmen. Heute wohne ich etwas geräumiger und gesünder. Dass die von mir so geliebte Antike ausgerechnet auf dem langen, dunklen Flur ihren Platz fand, ist wiederum nur der der Ordnung geschuldet. Nun aber ist die ganze Wohnung zur „Kammer der Weisheit und Frömmigkeit" geworden.

Der motivierte Rudersklave

Schon als Kind wollte ich Dichter oder Schriftsteller werden, aber meine Eltern und Großeltern beurteilten meine ersten Versuche skeptisch. Erst einmal sollte ich in der Schule gut aufpassen, damit ich einen handwerklichen Beruf ergreifen könne. Dann wäre der Weg zum Meister vorgezeichnet. Wenn ich später eine gute Rente bekäme, könnte ich mein schönes Hobby ja immer noch ausüben. Für mich hörte sich das alles recht nach Spätmittelalter und Gildenwesen an. Ich äußerte mich jedoch nicht weiter dazu, denn ich war ein etwas verschüchtertes Kind, kein kleiner Rebell. Hübsche Reime zu Papier zu bringen, wenn ich sabbernd im Altersheim säße, schien mir allerdings eine etwas dürftige Zukunftsaussicht. Seither habe ich an jeder meiner linken Hände fünf Daumen und gelte als faule Sau.

Über meine Schulzeit will ich an dieser Stelle nicht reden. Um meine Ruhe zu haben, wählte ich in den 80er Jahren des vorigen Jahrtausends (jawohl, es war das vorige Jahrtausend!) eine Lehre in einem kunststoffverarbeitenden Beruf, da ich darin lediglich das Drükken von Knöpfen an einer sauber schnurrenden Maschine vermutete. Im Grunde war es das auch, nur musste ich ab und zu bis zu den Ellenbogen in Dreck und Maschinenöl tauchen, wobei ich freilich nie bis auf den goldenen Boden des Handwerks gelangte. Der Seniorchef begrüßte jeden Tag alle Mitarbeiter persönlich und erkundigte sich ehrlich nach ihrem Wohlbefinden. Noch vor der Jahrhundertwende wurde der Betrieb in die Strudel der härteren Zeit gezogen und ging kurz nach meinem erfolgreichen und dennoch miserablen Abschluss mit fliegenden Fahnen darin unter. Ich jedoch wurde zu leicht befunden und schwamm als Treibgut den Küsten eines Kontinents der Hilfsarbeiten zu.

Einmal bewarb ich mich in der Schokoladen- und Süßwarenindustrie. Der große, bekannte und renommierte Betrieb lag in einer belebten Industriestraße meiner Heimatstadt Berlin. Ich muss zur Verdeutlichung der Absurdität dieser Geschichte an einige Fakten erinnern, die in der jüngsten Zeit in Vergessenheit zu versinken drohen:
Der Westteil Berlins lag damals noch von einer Mauer umgeben als eine Insel der alten Bundesrepublik inmitten des uns völlig unverständlichen Ostens. Doch während in der alten Bundesrepublik eine Wehrpflicht herrschte, waren auf dieser Inselbastion deutsche Soldaten verboten, und das Militär der drei Westmächte, die die Halbstadt unter sich aufgeteilt hatten, sah sich eher in beaufsichtigender Mission. In dieser Zeit und Weltlage bewarb ich mich also als Conchierer in dem großen, zeitgemäßen und weltbekannten Betrieb und wurde von einem der Chefs gefragt, ob ich „gedient" hätte. Ich antwortete, ein Blick in das damals als „Behelfsmäßiger Personalausweis" bekannte Dokument würde ihn belehren, dass ich als Bürger Westberlins nicht nur keiner Wehrpflicht unterläge, nein, mich der Bundeswehr anzuschließen sei mir auf Westberliner Boden geradezu untersagt. Er schien das nicht zu verstehen und fragte mich nochmals nach meinem Dienst an der Waffe, worauf ich ihm die Gegenfrage stellte, inwiefern die Kenntnis der Säuberung eines Gewehrs

von Belang für das Handwerk des Schokoladenum-
rührers wäre. Es kam natürlich zu keiner Einstellung.

Der große Walfisch namens Zeit wälzte sich indess
von der einen Seite auf die andere. Die Mauer fiel, und
Jubel sowie Skepsis und gegenseitiges Beschnuppern
umkränzten das wiedervereinigte Land. Meine Jugend
floss dahin, doch in meinen reiferen Mannesjahren änderte sich nichts an meiner prekären Arbeitssituation.
Während all der Jahre hatte ich gelesen und geschrieben, ohne dass es irgendjemanden interessierte. Die
ganze Welt offerierte mir, was ich täte, wäre ja nur ein
Hobby, eine „brotlose Kunst". Was ich indessen beruf-
lich tun würde, wäre letztlich meinen Eltern auch egal,
Hauptsache ich wäre „von der Straße". Ich hatte
durchaus inzwischen meine eigene Wohnung, und ich
bekenne: ich war niemals obdachlos. Umso mehr ver-
blüfft und ärgert mich der Ausdruck „von der Straße
sein". Also, mein Junge: such dir eine ordentliche Arbeit, dann kommst du nicht auf dumme Gedanken
(zum Beispiel Gedichte zu schreiben oder Bücher über
Poesie und Philosophie zu lesen).
Auf die Gefahr hin, mich als gesellschaftlicher Ketzer
zu outen, will ich bekennen, dass ich Lohnarbeit immer
als Abzug meiner Lebenszeit gesehen habe. Das Suchen nach Arbeit schien mir seit jeher, als würde sich
Ben Hur nach dem siegreichen Wagenrennen freiwillig
als Rudersklave zurückmelden, da er nun einmal von
seinen Eltern dazu vorgesehen sei. „Hier bin ich. Lasst
mich meine Pflicht als rhythmisches Element tun. Auch
in Rammgeschwindigkeit. – Hauptsache, ich bin von
der Straße."
Natürlich ist nicht jede Arbeit Sklavenarbeit. Ist man
aber zum ewigen Hilfsbeatle mit ständigem Schicht-

wechsel und Antritt auf Abruf bei irgendeinem Leiharbeitsunternehmen verdammt, dann fehlt nur noch die Prügelstrafe zur Erfüllung des Terminus „Sklaventum", zumal inzwischen der Lohn nichts mehr mit der geleisteten Arbeit zu tun hat, sondern mit einer Art Wohlfahrt. Mir ist übrigens aufgefallen, dass in solchen Unternehmen nie von „Arbeitszeit", sondern immer von „Arbeitslust" gesprochen wird. „Haben Sie nicht doch Lust, heute Nachmittag an dem und dem entlegenen Ort die und die Arbeit zu verrichten, obwohl wir Ihnen eigentlich einen freien Tag zugesichert haben?" Was soll man auf diese Frage antworten? Nein, ich habe keine Lust?

„Junger Mann, Sie haben doch gerade nichts in der Hand! Sie können wir gerade gebrauchen!" Mit diesem Ruf stürzte einmal eine hagere rothaarige Dame auf mich zu, die ein Klemmbrett mit Papier und Kugelschreiber wie eine Lyra im Arm hielt. Ich war von meiner „Leihbude" auf die Baustelle eines großen Einkaufszentrums gewiesen worden und ging, in meine Latzhose gekleidet, soeben an einer Reihe Betonmischmaschinen vorbei. Dass ich genau an die Arbeitsstelle wollte, auf der die Rothaarige mich „gebrauchen" konnte, konnte diese nicht ahnen.
„Aber Sie wissen doch gar nicht, wer ich bin!"
„Ich weiß sehr gut, wer du bist. Schnapp dir mal Besen und Müllschippe und melde dich im dritten Stock bei Herrn P."
Schon hatte ich das Arbeitsgerät in der Hand und ging die Treppe hinauf. Der Job erwies sich als finale Schuttbeseitigung kurz vor Eröffnung des Einkaufspalastes. Ich arbeitete länger als zehn Stunden. Herr P. war als Vorarbeiter sehr umgänglich und kollegial.

Am Ende seiner Schicht erinnerte er sich auch an mich. Wir gingen gemeinsam ins noch nicht ausgebaute Erdgeschoss. Dort saß wieder die Dame mit dem Klemmbrett.

„Aha. Und Sie wollen gerade die Abendschicht beginnen?"

„Nein, ich wollte gerade die Frühschicht beenden."

„Wer sind Sie denn, wenn ich fragen darf?"

„Heute früh haben Sie behauptet, mich zu kennen!"

„Sie stehen aber nicht auf der Liste."

Hätte Herr P. den Sachverhalt nicht aufgeklärt, wäre ich ohne Entlohnung nach Hause gegangen. Das wäre durchaus in Ordnung gewesen. Ich war ja schließlich von der Straße, und das muss mir doch wohl einiges wert sein.

Manchmal musste ich den ganzen Tag Blöcke von Butter in einen Trichter werfen, als wäre ich beim Baseballspiel. Anderentags arbeitete ich ohne Helm auf einem Baugerüst und war verantwortlich, dass dem Kollegen auf der Etage unter mir nicht eines der Balkongitter, die ich ihm herunter reichen musste, den Schädel zerschmetterte. Manchmal arbeitete ich drei Stunden, manchmal zehn.

Eine letzte Kolumne soll die „Open-End-Variante" verdeutlichen: Zusammen mit zwei weiteren Arbeitern musste ich einmal weit draußen am Stadtrand Schrott von einer Rampe in einen riesigen Container werfen. Lange nach den üblichen acht Stunden brach der Abend herein und schließlich die Nacht. Wir warfen und warfen. Mit der Zeit erlahmten unsere Willen und unsere Arme zusehends. Wir wurden langsamer und lustloser.

„Wenn der Vorarbeiter wiederkommt, machen wir Feierabend."

Als dieser schließlich eine weitere Stunde darauf auf der Rampe erschien, konnte er für unser Anliegen nicht das geringste Verständnis aufbringen. Der Mann konnte schlicht nicht begreifen, warum wir denn aufhören wollten. Es wäre doch Arbeit da! Und er wies die endlosen Reihen der Rollcontainer entlang, einer schwerer mit Schrott beladen, als der andere. In der Ferne fuhr der nächtliche Gabelstaplerfahrer umher und brachte neue, neue und wieder neue. Arbeit war da!

Wir stahlen uns schließlich klammheimlich fort, was für uns drei die fristlose Kündigung zur Folge hatte.

Zwei Polizisten

Im Hochsommer 1988 war ich mit einem Freund, der wie ich Andreas hieß, in Südfrankreich und Spanien unterwegs. Wir hatten geplant, diese Länder mit Zügen zu erkunden. Welche Stadt uns immer gefallen würde, dort hatten wir vor, länger zu bleiben, und ansonsten nach einer Nacht weiter zu fahren. Besonders in Spanien waren damals Doppelzimmer in kleinen Hotels genauso erschwinglich, wie Betten in der Jugendherberge. Vielleicht hatte man uns oft für schwul gehalten. Es war uns aber egal und wir hatten unsere Ruhe. Es war die schönste und ereignisreichste Reise meines Lebens. Unter anderem ist mir besonders die Begegnung mit zwei Polizisten in Erinnerung geblieben.

Die erste Begegnung fand auf einer leicht abschüssigen Wiese vor Avignon statt. Wir hatten dort rechtswidrig unsere ISO-Matten ausgerollt und waren gerade im Begriff, es uns bequem zu machen, als der französische Polizist auftauchte. Kennen Sie Louis de Funès als „Irren Flic"? Genauso müssen Sie sich diesen Ordnungshüter vorstellen. Er war klein und trug eine blaue Uniform mit der typischen etwas eckigen Mütze. Er umschwirrte uns wie ein Vögelchen und schlug mit den Armen, wie ein Kücken beim ersten Flugversuch. Eigentlich sagte er „Hopp, hopp!" (vite, vite!), aber es klang wie „Wietwietwietwiet! Wiet! Wiet! Wietwietwietwiet!" Die Nachtigall aus Avignon ging uns mit ihrem Geflatter und Gezwitscher so auf die Nerven, dass wir schließlich seiner Aufforderung nachkamen und von der Wiese verschwanden.

Der völlig gegenteilige Typus eines Polizisten begegnete uns zwei oder drei Wochen später. Von unserer geplanten Route an der Mittelmeerküste waren wir ins Inland abgewichen und besuchten Madrid. Der Sommer war mörderisch heiß und vollkommen wolkenlos. Nur so ist es vielleicht zu erklären, warum wir es uns mit den ISO-Matten auf einem Parkplatz gemütlich machten. Der lange Schatten, der uns traf, gehörte zu einem Polizisten. Der Mann schlenderte gemächlich auf uns zu. Er war durchtrainiert und mindestens zwei Meter groß. An seiner Hüfte hing bedrohlich eine zentnerschwere Waffe, so riesig wie eine Panzerfaust. Er umkreiste uns einmal... sah in den irisierend blauen Himmel... zog einen zweiten Kreis... besah seine blank geputzen Stiefel... Es verging eine endlose Zeit, bevor er seine Hand auf das Pistolenhalfter legte. Dann sprach er, noch immer vollkommen in sich ruhend, ein einziges Wort:
„Arriba."
Das war für uns das Signal, unser Vorhaben rasch zu überdenken, und von dem Parkplatz in den Schutz der Innenstadt zu fliehen.

Ein Albtraum

Warum laufen die Menschen so schnell, warum sehen ihre Gesichter so abgehetzt aus? Von oben sieht man sie sich wie Ameisen bewegen, sieht die Würmer ihrer Bahnen sich in die Erde schlängeln und wieder ans Licht treten. In Wirklichkeit bewegt sich niemand fort: es sind Angekettete, die an ihren Ringen zerren und verzweifelt zu fliehen trachten; sie *zeugen* sich fort, werfen etwas von sich, daraus neue Gefesselte entstehen, und so scheint es, als schleppten sie sich tatsächlich voran. Was aber jagt diese Menschen? – Man kann es sich als ein Wesen aus schlingenden Rachen und nagenden Zähnen vorstellen. Es wühlt sich langsam voran, gleich einem Wal im Krill. Wie dies Futtertier für den Wal, sind die Menschen nur da, damit dieser Dämon fetter und fetter wird. Mit unserer ständigen Vermehrung bieten wir ihm wahrlich reiche Beute. Am Ende dieser Menschenflucht steht ein Zwilling vom ersten Dämon, der mit weit geöffnetem Schlund auf die Ankommenden wartet. Diese beiden Tiere stellen sich bei näherer Betrachtung als *ein* Wesen heraus, das seine Hälse hinab gesenkt hat, um auf der Erde nach Menschen zu gründeln. Aber dies ist nur das Sichtbare: – Das Tier hat tausend Köpfe, ein jeder seiner Kiefer hält uns im eigenen Blut gegriffen, wir alle tragen die Spuren seiner Krallenhiebe. Wir sind es selbst, die den Drachen sich fortbewegen lassen. Wir sind ihm Füße und Puls. Er frisst und vermehrt sich beständig selbst...

Multiple Realität

Mein rechter Arm ist so festgeschnallt, dass das Blut daraus entwichen ist. Er ist jetzt so weiß und meine Hand so farblos und unschuldig, wie sie war, als... und doch so kalt und metallen wie Messer. So unschuldig. Du lebst und atmest so fern von mir, gläsern und rein. Das Weh, das du mir zufügtest: es ist für immer fort-geblasen im Mistral, für immer gewaschen von unserer Haut.

Wieder tastete seine Hand nach der Fotografie, die in seinem Mantel eingenäht war. Die Kolonne arbeitete im Halbkreis. Sie tauchten ihre Arme in den kalten schwarzen Schlamm, in dem sie frierend, manche bis zu den Knien, manche bis zur Hüfte standen, und im-mer, wenn sie einen dieser schweren Felsbrocken heraus hoben, verzerrten sich ihre Gesichter. Ein un-angenehmer Nieselregen fiel aus den dunklen Wolken und rann ihm kalt in den Mantelaufschlag. *Noch drei Ewigkeiten vor mir und dann Schlaf... Endlich Schlaf. – Es läuft dort über mich hinweg: ein Stern: ein Trop-fen aus Glasbläsereien, noch schwach nachglühend am schmutzigen Firmament. Ich könnte weinen vor Freude.*

„Willst du wohl arbeiten! Dir tret ich in den Arsch!“, schrie der rotgesichtige Aufseher und zerrte ihn zum Tümpel. „Du sollst die Scheiße hier fressen, du Träu-mer! Du Mörder!“ Der Mann trat ihm in den Hintern und er fiel mit dem Gesicht in den stinkenden Morast. Er erhob sich und begann schnell zu arbeiten, er,
der meine Seele hinunterzieht in den kalten Staub dachte der Henker und zog die Spritze auf. *Es heult*

Mistral durch meine Adern. Ich heule vor Entsetzen.
Keine Bläue, keine Brise, keine Welle rührt mein Herz.
Das Grau dieses Raums, dieser Steine, dieser Fugen
bewegt es mechanisch, und dennoch
„plädier' ich auf Schuldig. Das Urteil, Hohes Gericht,
sollte heißen: Tod durch Injektion. Und doch"
ist dein Foto, sicher verwahrt, trocken und warm in
meiner Jackentasche. Ich denke mir einen Mittag am
Hafen, kornblumenblau wie die Augen eines harmlo-
sen Irren. Wir sitzen am Hafen und hören dem Klingeln
der Ösen zu, wenn der Wind durch die Masten geht.
Fern schweift eine einzige Möwe am Himmel und wird
ins treibende Licht geschnitten. Eine andere ist, die da
sitzt überm Kai an der Mole. Der Obstverkäufer ruft
seine Ware aus, ein anderer preist schockgefrorene
tiefdunkelblaue Tulpen an. Du singst leise einen alten
Chanson…

Stadtsonate in drei Sätzen

Das Lampenlicht quoll durch die Rauchschwaden der Zigaretten hinab auf die in allen Farben glimmenden Scheitel der Dichter und Trinker am Ecktisch, die nach einem hitzigen Streitgespräch über Humanismus, Humus, Leben nach dem Tode, Leben vor dem Tode, der genauen geographischen Lage der Insel Madagaskar und den damit verbundenen Schwierigkeiten moderner Kartographie, basierend auf der Erkenntnis, dass der Planet Erde auf Grund seiner ellipsoiden Abgeflachtheit im Grunde nur unzureichend in Längen- und Breitengrade unterteilt werden kann, schweigend und etwas ratlos in die schalen Bierreste der flammenden Gläser starrten, als der Wirt, Stühle auf Tische stellend, die letzte, aber wirklich allerletzte Runde ausrief, nicht ahnend, dass nur drei Querstraßen weiter eine massive Kühltruhe aus einem nicht näher bekannten Grunde aus dem fünften Stock des Eckfensters eines Mietshauses kippte, hinunter fiel, einen der ersten Passanten nur knapp verfehlte – worauf dieser einen erschreckten und empörten Satz auf die regennasse Fahrbahn tat –, und krachend in zwei große und mehrere kleine Teile zerbarst, aus welchem Grunde im selben Haus ein Stockwerk tiefer ein Schläfer aus seinem Albtraum vom hilflosen Versinken in einen See von Margarine gerissen wurde und dem Ticken der Uhr lauschend, allmählich wieder die Halbschlafphase erreichte, und zeitgleich ein Kohlkopf einen nahe gelegenen Kanal hinunter schwamm, zwei fröstelnde, etwas schlaftrunken nickende Schwäne und den herausragenden Schopf eines gerade Ertrunkenen passierte (just an der Stelle, an welcher fünf Stunden und dreiunddreißig Minuten früher von einem spätabendlichen Jogger im Vorüberkeuchen eine Plastiktüte für eine Ente gehalten wurde, und zwei Tage, vier Stunden und acht Minuten später ein händchenhaltendes Pärchen dem Boot und den Tauchern zusah, ein Penner auf einer Bank fünfzehn Meter entfernt schwermütig rülpste, und eine Ratte piepsend im Gebüsch verschwand), zwei Mal um sich selbst kreiselte und sich im Weidengestrüpp am Ufer verfing, das sich kaum in einem Windstoß beugte, getroffen vom Licht aus der eben geöffneten Tür der Kneipe, aus welcher eine kleine Gruppe von Dichtern und Trinkern fröstelnd in die Winternacht quoll, ein Stück Weges gemeinsam ging und sich sodann unter Abschiedsworten trennte, während der Wirt gelassen die Tür von innen abschloss.

Dem aufmerksamen Leser dieser Geschichte wird gewiss die merkwürdige zeitliche Übereinstimmung dreier vertikaler Bewegungsabläufe nicht entgangen sein (nämlich der finale Sprung eines schwer angegangenen Selbstmörders von einer Brücke in das nacht- und winterkalte Wasser eines Kanals, der Fenstersturz eines Kühlschrankes aus dem fünften Stock eines Mietshauses und schließlich das Versinken einer träumenden Person – nennen wir ihn Piltz – in Margarine), welchselbige nur in den ersten beiden Fällen direkt mit der Anziehungskraft der Erde zu tun hat, in letztem Falle jedoch nur indirekt, wenn man nämlich den Aspekt der Gewohnheit, welche die physikalischen Gegebenheiten des irdischen Lebens auch auf Träumende ausüben, in Betracht zieht (zudem wird der literaturerfahrene Leser, und an diesen wendet sich diese Geschichte ausschließlich, gewiss nicht erstaunt sein, noch weitere Auswirkungen der Geschehnisse auf den Träumer Piltz erkennen zu können, welche sich dem grob physikalisch angedeuteten Handlungsablauf entziehen, beispielsweise das unmittelbare Erwachen des Träumers, als der Eisschrank auf dem Asphalt der Fahrbahn aufschlug, und zwei Tage, vier Stunden und acht Minuten später seine Verwunderung, im Telefonhörer kein Freizeichen zu vernehmen, da sich unser verzweifelter Springer in einem nachlässig verlegten Telefonkabel verfangen hatte, welches bei der Bergung seiner Leiche versehentlich beschädigt wurde, just zu der Zeit als Piltz den Hörer abhob, während draußen zwei Verliebte in wohliger Erschütterung und gespielter Betroffenheit, gewiss aber mit großer Neugierde, besagter Bergungsarbeit zusahen – zu welcher, warum auch immer, ein auf einem Boot montierter Kran und ein Taucher der Freiwilligen Feuerwehr benötigt wurden –, während ein Obdachloser ganz in der Nähe nach reichlichem Genuss eines billigen Alkoholproduktes seinem gepeinigten Magen durch heftiges Rülpsen Luft verschaffte – besagter Obdachloser sollte übrigens nur zwei Wochen später auf der selben Bank den Erfrierungstod sterben –, und sich eine Ratte, gierig vor Hunger, in ein Gebüsch stürzte, um sich an einem dort vor Anker liegenden Kohlkopf gütlich zu tun, was allerdings nicht verhindern konnte, dass dieselbe nur drei Tage später an Altersschwäche einging und so – man bemerke auch dies – dem Wohnungslosen ins Paradies vorausging, weshalb hier für den Leser auf die bedauerliche Folge dreier Sterbefälle hingewiesen wird, die allerdings nur durch die Zahl drei mit oben angeführten vertikalen Bewegungsabläufen in Beziehung stehen).

Wie aber soll man sich jene vielen anderen Übereinstimmungen erklären, die gleichsam Gerüst und Geheimnis unserer Geschichte abgeben, zum Beispiel jener unglückliche, zwei Zentner schwere Brückenspringer, auf welchen die Dichter und Trinker am Ecktisch des nächtlich erleuchteten Cafés mehr oder weniger sehnsüchtig warteten, denn bei dem einen war der erwähnte Mann hoch verschuldet, mit dem anderen hatte er sich im Streit überworfen, wieder ein anderer hatte ihm seine Ehefrau, eine Philippinin, ausgespannt, mit der sich Schwebstoff – denn so wollen wir den kühnen Springer der Einfachheit halber nennen – vor vier Jahren in Manila versehentlich verheiratet hatte (er hatte nicht gewusst, dass das Ineinanderlegen ihrer Hände einer Vermählung gleichkam), sowie dieses seltsame Zusammentreffen eines Kohlkopfes, der dreimal (sic!) an die herausragende Stirn des Ertrunkenen tippte, mit den beiden Schwänen, die schlaftrunken zusahen, freilich aus einer anderen Perspektive als die beiden allzu neugierigen Zaungäste, als für die Bergung dieses massigen Riesen ein Kran und ein Taucher benötigt wurden, und ferner: wie will man hinter das Geheimnis des Joggers kommen, der einige Stunden früher weder Schwäne, noch einen Kohlkopf, noch einen Ertrunkenen gesehen hatte, sondern lediglich eine Plastiktüte, in welcher sich später die linke Hand des Ertrunkenen verfangen sollte, für eine Ente gehalten hatte, und der mit einem Mann, welcher just zu dem Zeitpunkt, da Schwebstoff ins Wasser sprang, von einer herabfallenden Kühltruhe fast erschlagen wurde, nicht nur verwandt sondern geradezu identisch war, und dies durch einen bemerkenswerten Schöpfungsakt des Autors dieser Geschichte, der damit sei-

ne Theorie von der unheimlichen Bezogenheit der Dinge aufeinander, sowie seine eigene Ausgelassenheit
demonstrieren wollte?

Fritzi, mein Mops

Alois Winklbauer war, was die Bayern „a g'schtand'nes Mannsbild" nennen. Er wurde irgendwann in den 1950er Jahren in Wasserburg geboren, lebte aber schon ein paar Jahre bei uns im Westteil Berlins, als wir ihn um 1980 im „Café Shirokko", Erwin-Rommel-Straße 52, kennenlernten. Ein Missverständnis brachte ihm den Namen „Wanni Wiedikim" ein, mit dem er sich, jovial wie er war, durchaus von uns rufen ließ. Wanni war die grundsätzliche Institution des Shirokko, ohne den man sich unseren Stammtisch kaum vorstellen konnte, war er doch der Dreh- und Angelpunkt vieler mysteriöser Geschehnisse, die unsere Stammkneipe in ein Odium des Geheimnisvollen tauchten.

Die Ereignisse begannen damit, dass Wanni ankündigte, uns Marion vorstellen zu wollen. Wir waren begreiflicher Weise neugierig, obwohl wir uns im Shirokko auch weiblicher Bekanntschaft erfreuten.

An einem Sonnabend im Frühsommer kam Wanni mit Marion herein. Marion Souzannet war von entfernt französischer Abstammung, brünett, sehr schlank, etwa vierzig Jahre alt und einen Meter neunzig groß. Der schüttere Vollbart, der ihm bis auf die Brust hing, verlieh ihm das Aussehen Fürst Myschkins. Sein Vorname war eigentlich Marian, sprach sich französisch aber etwa „Mari-jón" aus. All dies hatte uns Wanni mit keinem Wort angedeutet.

„Hey Wanni!", flüsterte ich ihm im Lärm der Trinkenden ins Ohr, „Das issn Typ!, 'n Kerl!"

„Des is koa Tüp.", versetzte Wanni kopfschüttelnd, „Des is a Depp."

Marians rechtes Ohrläppchen war ihm, wie er uns selber sagte, vor zehn Jahren von seinem Wellensittich zerfetzt worden. Wenn er betrunken war, schien er zudem in eine Art paralleler Erkenntniswelt abzudriften (Marian natürlich, nicht der Wellensittich) und dann brachten seine Lebensweisheiten den Shirokko oft in eine Art Dauergelächter, was mir persönlich regelmäßige Kopfschmerzen hervorrief. Meistens aber war er still und grinste debil vor sich hin (Marian natürlich, nicht mein Kopf).

„Du bist so schlitzohrfren, Alter!", rief ihm einmal ein Volltrunkener im Lärm der Bechernden zu. „Aber sowat von Scheiße schlitzohrfren!"

Damit hatte Marian seinen Namen weg. Doch wir brachten erst später in Erfahrung, dass er ein Magier war.

Man trifft ja auch nicht jeden Tag so einen, und irgendwie, meine ich, ist er ja auch fehl am Platze in einer Kneipe, wo wir einfachen Leute uns nach Feierabend treffen und nur in Ruhe unser Bierchen trinken wollen. Verstehen Sie mich richtig: er war nicht etwa einer dieser Zauberer aus dem Varieté, die irgendwelche Karnickel aus ihrem Zylinder ziehen, oder junge Mädchen zersägen. „Phren" konnte wirklich zaubern. Er sagte übrigens nie „zaubern" zu dem, was er tat, sondern nannte es „molekulare Strukturveränderung". Er fummelte auch nicht mit einem Stock herum, sondern irgendwie geschah einfach das, worum wir ihn baten. Überhaupt hätte ihn wohl keiner als Magier erkannt. Er trug meistens verwaschene Jeans oder Cordhosen aus den Siebzigern und aufgekrempelte Hemden. Zuerst machten wir natürlich unsere Witzchen, als er von seinen übersinnlichen Fähigkeiten anfing. Die blonde Marianne, ein fettes, ordinäres

Weib in den Vierzigern, verbog mindestens drei Löffel heimlich unter der Tischkante, worauf unser Schlitzohr jedesmal nachsichtig und schüchtern lächelte. Sie kennen das: so ein Nach-Innen-Lächeln, wie man es bei unsicheren Leuten oder Überempfindlichen öfter sieht. Dieses Lächeln war überhaupt ein Merkmal von ihm. Es war, als hätte er irgendetwas zu verbergen, und so war es wirklich, aber wir kamen erst später drauf.

In unserem Viertel liefen damals unglaublich viele Köter herum. Die Bürgersteige waren voll von Tretminen. Ständig wurde man angeknurrt, oder das Viechzeug geiferte einem die Hosensäume voll. Man bekam immer einen Schreck, wenn man nachts an einem Gärtchen vorbeikam und es hinterm Zaun ganz plötzlich ein Mordsgetöse gab. Wir unterhielten uns gerade darüber, weil so eine weißhaarige Kaffeetante mit ihrem Mops an unserem Tisch vorüber ging – einer winzigen Töle mit einem Gesicht wie eine Roulade und so überfüttert, dass es aussah wie ein Gürteltier. Wanni hatte sich sein Bier über die Hosen geschüttet, weil er über die unglaublich lange Leine gestolpert war, und obendrein keiften Mops und Oma noch auf ihn los, da war er natürlich stocksauer. Wir waren uns alle einig, dass wir lieber eine Heuschreckenplage oder die Krätze am Hals haben würden, als diese Hunde, die uns zwischen den Beinen herumliefen, oder uns nachts plötzlich am Hintern hingen. Vor lauter Wut wollte sich Wanni eine seiner dicken Zigarren anstecken und wurde noch wütender, als er merkte, dass er sein Feuerzeug verloren hatte. An diesem Tag hatten wir zufällig alle keins und zu allem Ärger waren dem Wirt auch die Streichhölzer ausgegangen. Unsere Zigaretten hatten wir immer an der Kerze angezündet, aber Phren sagte uns mit bedeutungsvollem Lächeln, jedesmal, wenn wir das täten, stürbe ein Seemann. Weiß der Teufel, woher er das hat.

„Wenn du wirklich zaubern kannst", maulte ich, „dann zaubere uns ein Feuerzeug her."

„Gut", sagte Phren, aber wir achteten nicht mehr auf ihn, weil die Alte gerade vom Klosett kam und ihr Mops plötzlich Gelüste bekam, ein Stück von Wannis Bein zu kosten, weshalb Wanni dem Flohfänger einen gutgemeinten Tritt verpasste, was ihm wiederum Ärger mit dessen Besitzerin einbrachte. Die Alte ging schließlich mit ihrem Schützling nach draußen und setzte sich an einen Tisch an der Straße, wo der Kleine sich mutig mit einer riesigen gefleckten gelben Dogge anlegte.

„Man müsste", sinnierte der Wirt (der einmal mein goldenes Herrenrad weiß angestrichen hatte, um es in dieser unserer Stammkneipe für einen Fünfer zu verticken), „man müsste alle Köter an die Wand stellen und abknallen…"

„Aber", mischte sich die dicke Marianne ein, „die armen Tierchen können doch nichts dafür!"

„Und außerdem", warf ich ein, „wüssten wir noch nicht, wer all die Kadaver entsorgen sollte. Es wäre ein logistisches Problem."

„Warum müsst ihr immer so zynisch sein!" mokierte sich Marianne still, und wir hatten eine zeitweilige Gegnerin mehr. Die Stammtischrunde war eröffnet.

„Alle an die Wand!"

„Aber wohin mit…"

„Nach Khina!", rief Wanni. „Da essen's dös dammige Viehzeug, und für unser eana wär's a glänzendes Exportg'schäft!"

Wir bewunderten einmütig Wannis wirtschaftliches Denken. – Eine kleine Pause zum Atemholen trat ein, da hörten wir die Alte draußen schreien und darauf bitterlich schluchzen:

„Meine Fritzi! Meine kleine Fritzi!"

Weil sie nicht aufhörte, wurden wir neugierig, und das ganze Lokal leerte sich nach draußen. Die Frau saß tränenüberströmt vor ihrem Kaffee. Die Leine hing schlaff in ihrer Hand und das Halsband lag leer auf dem Pflaster. In der Mitte dieses Kreises glitzerte, von den Abendstrahlen getroffen, ein Feuerzeug. Sauber, gefüllt und nagelneu. Und die Alte war völlig gelähmt.

Zuerst verstanden wir nicht richtig den Zusammenhang. Marianne und der Wirt trösteten die völlig aufgelöste Frau. Ich hob das Feuerzeug auf. Eins von diesen gefärbten, halbdurchsichtigen Plastikdingern, die man nicht nachfüllen kann.

Als wir uns umwandten, um wieder hinein zu gehen, sahen wir Phren allein am Tisch sitzen und mit tropfendem Ziegenbart lächelnd sein Bierchen schlürfen.

Von da an verschwanden in unserem Viertel die Hundewürste. Man konnte sich wieder ungefährdet hinaus wagen und außerdem herrschte kein Mangel an Feuerzeugen. Sie verstehen wohl, dass unser Schlitzohr den ganzen Abend auf unsere Kosten trinken konnte, und das war leider sein vorerst letzter Spaß. Wanni hätte ja noch eine ganze Menge mehr Wünsche gehabt, aber nach dieser Nacht haben wir Schlitzohr Phren nicht wieder gesehen, nur sein Bild in der Zeitung.

Sie erinnern sich vielleicht noch an die Geschichte mit dem Leichenwäscher? Nein? Also hören Sie:

Wir erfuhren ungefähr eine Woche später, dass unser Magier hauptberuflich Tote gewaschen hat. Er muss seinen Beruf wohl sehr geliebt haben, denn als man ihm kündigte – wegen Trunkenheit am Arbeitsplatz – fing er an, eine ganze Menge Leute umzubringen, im Wald, am Straßenrand. Erinnern Sie sich wirklich nicht, dass man eine Zeit lang Männer und Frauen tot am Waldrand an der Autobahn gefunden hatte? Alle waren nackt und sehr sauber. Sie waren sorgfältig gekämmt und ihre Fingernägel an ihren über die Brust gefalteten Händen waren säuberlich beschnitten...

Schließlich hat man Marian dann doch gefasst. Warum er sich nicht selber aus der Haftanstalt und auch später nicht aus dem Irrenhaus befreien konnte, das fragen Sie mich zuviel.

Sie glauben mir wohl nicht? Aber warten Sie. ...Kleinen Moment mal... Wo hab ich denn... Ah, hier. Das Grüne hier: – Das ist Fritzi, mein Mops.

Der Seemann mit den Luftballons

I

Damals war der Sommer so heiß, dass wir aus unserer Stammkneipe, dem „Café Shirokko", in die nahegelegene Eisdiele „Zur kalten Sophie" flohen und den Wirt in seinem Kellergelass drei Stufen unter der Erde allein ließen. Da wird er hinterm Tresen im Schatten seine Gläser gespült und über seine zwielichtigen Nebeneinnahmen nachgedacht haben. Man könnte mir mit Recht vorwerfen, mit der Geschichte, die ich Ihnen zu besten geben will, späte Rache an ihm zu üben, denn er klaute nicht nur nebenberuflich Fahrräder, sondern hatte mir gerade meine große Liebe Liane vor der Nase weggeschnappt und sofort geschwängert. Sie können sich denken, dass ich nicht sonderlich gut auf ihn zu sprechen war. Die Spitze war ja, dass er bisexuell war und sich auch laut dazu bekannte. Der Wirt des Shirokko wusste sehr wohl, dass ich ihn unter der Hand Harald Hundesson nannte. Sie können ihn ruhig auch so nennen, denn ich werde seinen wahren Namen ebenso verschweigen, wie ich Ihnen meinen auch nicht nennen werde.

Damals kamen öfter die typischen indischen Rosenverkäufer in unsere Stammkneipe. Niemand, außer Touristen, kaufte ihnen jemals etwas ab, und wir fragten uns, wie sich diese armen fragilen und etwas zappeligen Kerlchen eigentlich ernährten. Alois, den wir alle Wanni Wiedikimm nannten, war der Meinung, die „Fakire" hätten schon jahrelang nichts mehr essen brauchen, weil sie eigentlich Untote wären. Nur einer von ihnen war im Shirokko wohlgelitten, denn er verkaufte keine Rosen, sondern schockgefrorene königsblaue Tulpen. Der Wirt kaufte ihm jedesmal eine ab, die dann irgendwo hinter dem Tresen verschwand. Dieser Inder war besonders schmächtig, und die beiden schwarzen Iris in seinen Augen schienen beständig wie im Fieber zu rotieren. Dann – ein genaues Datum konnte niemand von uns nennen – blieb er aus, und Harald wurde immer trauriger und fahriger. Liane, die schon stattlich etwas vor sich her trug, war nur noch hysterisch. Ich begann dann immer schon nach dem Schweizer Armeemesser in meiner Hosentasche zu tasten. In dieser Zeit wichen wir alle lieber in die Eisdiele aus und kamen nur noch sporadisch den Wirt in seinem Auge des Sturms besuchen.

Es war an einem der Tage, die die Straßen mit ihrem gleißenden Licht leergefegt hatten, als sich nur der Wirt, mein Kumpel Wanni und ich im Shirokko aufhielten. Es wurde plötzlich dunkel vor der Tür draußen, drei Stufen hinauf. Wir dachten sofort an eine schwere Gewitterwolke, aber schon trat eingezogenen Kopfes der schwarze Seemann in unser Lokal ein. Ob er wirklich ein Seemann war, kann ich nicht sagen. Jedenfalls trug er eine Art zerschlissener Marineuniform und eine Mütze mit weißblauem Band. Er war ein riesiger Afrikaner und sein Lächeln war dermaßen hinreißend, dass uns allen dreien das Herz aussetzte. Dieser Mann zog an vielleicht dreißig Schnüren etwas hinter sich her in den Schankraum und schon hing die ganze Decke voller bunter heliumgefüllter Luftballons. Was der Afrikaner an diesem Tag getan hat, weiß ich nicht mehr. Ich kann Ihnen auch beim besten Willen nicht mehr sagen, was er selber über sich erzählte oder welche Meinungen er vertrat. Ich erinnere mich noch, dass er fließend und vollkommen aktzentfrei Deutsch redete – und dass er mit uns das eine oder andere Bierchen wegzischte. Harald kaufte ihm jedesmal, wenn er kam, einen Luftballon ab, ging dann durch die Luke hinter dem Tresen in den dunklen feuchten Keller, wo die Fässer lagerten, und kam ohne Luftballon wieder zum Vorschein. Da sag noch einer, dass das Leben nicht voller Mysterien ist.

An den Namen des Afrikaners erinnere ich mich genauso wenig. Vieles lief damals wie im Traum ab, aber vielleicht hatten wir ja auch einen kollektiven Sonnenstich oder tranken zuviel. Der schwarze Seemann kam jeden Tag, und ab dieser Zeit füllte sich trotz der Sommerhitze unser Kellerlokal wieder mit Leuten, denn der Matrose war der Star, das Maskottchen und das Kuriosum des Café Shirokko. Wanni füllte ihm die Segeltuchtaschen mit Feuerzeugen, wir gaben ihm soviel zu trinken aus, dass er nur noch pro forma eine Münze springen ließ. Das allerdings ließ er sich nicht nehmen. Er kam jeden Tag herunter, seine Luftballons im Schlepptau, von denen ihm außer Harald aber niemals jemand etwas abkaufte, außer der eine oder andere staunende Tourist vielleicht.

Eines Abends war wieder einmal besonders dicke Luft im Shirokko und auch draußen an den Bänken ging das Gespräch ab und an in steifer Brise hoch. Da kam er wieder lächelnd, den Kopf zwischen den Schultern, herein, und schon quollen seine Luftballons durch die Tür. Er winkte uns nur kurz zu und verschwand im hinteren Teil der Lokalität, offensichtlich weil er dringend Wasser lassen musste. Seine Luftballons machte er nicht einmal an der Tür fest, wie er es sonst tat, sondern zog sie schleifend und drängelnd den Gang hinter sich her. Lange Zeit war dann nichts mehr von ihm zu hören. Erst dachten wir uns auch nichts dabei, aber seine Sitzung schien länger und länger zu dauern. Schließlich wurden wir alle etwas nervös. Der eine oder andere musste ja auch mal dahin, wo selbst der Kaiser zu Fuß hingeht. Harald, der Wirt, tat so, als hätte er doppelt so viele Leute zu bedienen, wie tatsächlich da waren.

„Ich mache mir langsam Sorgen", flüsterte er uns im Lärm der Trinkenden zu. Wir konnten sein liebeskrankes Herz kaum noch beruhigen, also folgten wir ihm nach hinten – Wanni, ich und noch zwei andere. Ratlos blieben wir vor dem Örtchen stehen. Oben quollen die Luftballons heraus wie eine riesige Traumblume aus einem übermannshohen eckigen weißen Blumenkasten mit aufgemaltem Männchen. Alles schwieg, und wir müssen lange quälende Minuten so gestanden haben, als der Wirt einen Entschluss traf. Nur ein gut geübter Panzerknacker konnte so gezielt und zärtlich eine Tür öffnen wie dieser notorische Hobbygauner. Ein scharfer Schlag mit der Handkante ans Schloss und die Türe sprang auf.

Wir trafen den Matrosen in kompromittierender Stellung an, denn er saß schwitzend auf dem Deckel, die blauen Tuchhosen an den Knöcheln. Um beide Handgelenke hatte er seine Schnüre gebunden und machte sich an etwas zu schaffen, das wie ein zartrosa Beutel von etwa der Größe eines Schrumpfkopfes aussah. Darüber hing schlaff zur Seite ein winziges Würmchen von derselben Farbe. Die Uhren hörten zu ticken auf, und die Zeit stand still... –

Ein wahnsinniger Gewitterschlag schien das Café in seine Faust zu nehmen und unsanft wieder auf der Straße abzusetzen. Der Seemann hatte seine Hosen schnell wieder hochgezogen, die Luftballons verteilten sich an lose baumelnden Schnüren über den Gang. Mir fehlt wirklich ein Stück aus dem Zeitablauf, wie in einem Traum. Denn im nächsten Moment hatte der Afrikaner alle Schnüre wieder gefangen und zog sie an der einen Hand hinter sich her durch den Gang. In der anderen Hand hing zappelnd der Wirt. Wir liefen hinter den beiden her in den Schankraum, der brechend voller Personen war, denn draußen zuckten die Blitze und schüttete es, dass auf der Treppe die Blasen sprangen. Aber schon bildete sich zur Tür eine Gasse. Alle Gesichter waren schreckensbleich, als dieser zornige Kriegsgott hindurchstürmte, in einer Faust den winzigen, sich krümmenden Wirt, in der anderen an tausend Schnüren luminiszierende Kugelblitze mit lachenden Babygesichtern.

Draußen standen wir in den Pfützen um unseren wütenden Matrosen. Es hatte nur einige Sekunden oder vielleicht Minuten geregnet. Schwarze Wolkenfetzen verloren sich wieder in überstirnter Weite, und nur das Band an der Mütze des Schwarzen schien ein Eigenleben zu führen. Er hatte mit einigen Schnüren die Hände des schreienden Wirtes im Rücken gefesselt, an alle Gliedmaßen und auch um den Hals hatte er zahlreiche Heliumballons gebunden. Wir hörten den Wirt in der Dunkelheit schreien, klagen und fluchen. Der Seemann hatte alle Luftballons losgelassen und der Wirt wurde wie in einer Windhose nach oben geschleudert. Wir standen alle betroffen und schweigend vor dem Schauspiel des immer kleiner werdenden schreienden Wesens, das sich schließlich zwischen den Sternen verlor.

II

„Sensationeller vorgeschichtlicher Fund findet im Museum neue Heimat"

Daimosphobia, 20.08.7015 – Das in den Dünen aufgefundene merkwürdige Fossil „Astro" hat kürzlich im Museum seine endgültige Bleibe gefunden.

Wie unser Korrespondent berichtete, fanden vor circa fünf Jahren zwei spielende Kinder in den Salpeterdünen am Stadtrand von Medusia ein etwa mannsgroßes und nach Art der Vormenschenfunde gestaltetes Wesen. Dieses war halb in den Dünen vergraben und hätte für eine Statue gehalten werden können, was zunächst auch nach dem Grad der Versteinerung zu schließen war. Die Hände des Wesens waren über dem Rücken, über einer Art von Schildkrötenpanzer, verschränkt. Das Merkwürdigste an dem Fund war die Sehne, die es in den Händen zu halten schien, an deren anderem Ende eine Art gefüllter Membran hing, mit der es – man weiß nicht, wie lange zuvor – dort gelandet zu sein schien. Nach anderen fachlich gestützten Meinungen, scheint diese Membran eher ein Atmungsorgan darzustellen. Ein Gesicht war über der korrodierten Stelle des Kopfes nicht mehr zu erkennen. Da die Kinder das Wesen aus dem Salpeter gegraben hatten, in dem es halb verborgen gelegen, bzw. gestanden hatte, kann nicht mehr mit Sicherheit festgestellt werden, wie das Fossil an den Fundort kam.

Nun hat sich die hiesige Museumsbehörde des Fundes angenommen, welcher bislang von verschiedenen Fachleuten untersucht worden ist. Viele Bürger werden

sich noch der lebhaften Diskussion entsinnen, die ent-
brannte, nachdem man zeitweilig überlegt hatte, die
Membran an der Sehne abzuschneiden und getrennt
zu untersuchen. Nun hat der „Astronaut" (wie ihn die
Kinder nannten, und unter welchem Namen er der Be-
völkerung seither bekannt ist) seine endgültige Bleibe
in einem Glaskasten in der achten Sektion des Museums für Vor- und Frühgeschichte von Daimosphobia
gefunden. Der Glaskasten ist für die „Flugmembran"
eigens oben offen gelassen worden. Am Montag in
acht Tagen wird der Fund für die Öffentlichkeit zu
besichtigen sein.

Schorsch

Wir saßen auf einer Insel, 52°,31'N zu 13°,24'O auf einem ihrer höchsten Punkte, 52 m über dem Meeresspiegel, in einer ummauerten Stadt, deren Wall aussen weiß und bei uns innen bunt bemalt war. Dort befand sich eine nach einem General benannte Straße, und in dieser Straße unser Stammlokal, das „Café Shirokko". Die wechselvolle Geschichte dieses Etablissements will ich hier im Einzelnen nicht wiederholen. Einiges daraus hatte ich Ihnen ja bereits berichtet.

Das Shirokko war gerade innen rennoviert worden, und damit es nicht gleich wieder so keimig und heruntergekommen wie vorher aussah, wurde eine Putzfrau angestellt, die über mehrere Wochen ein strenges Regiment ausübte. Sie hieß Isolde, war etwa so groß wie ein durchschnittlicher Mann, nur etwas stärker und stabiler. Isolde wandte durchaus resolute Mittel an. So hatten wir eine Zeit lang einen Kameraden am Tisch, einen blassen Studenten, der ihr in einem Streit einmal einen bestimmten Finger gezeigt hatte. Isolde hatte ihm den Finger so verdreht, dass er künftig immer steif blieb.Der Student kam immer seltener ins Shirokko und blieb nach diesem deutlichen Fingerzeig schließlich ganz aus.

Es war an einem Herbstwochenende. Ich hatte etwas mehr Bier getrunken, als meiner Blase zuträglich war, und ging deshalb in den hinteren Teil des Lokals. Kaum hatte ich die Tür zum Herrenklosett geöffnet, als ich einen grellen Blitz sah und kurz danach eine Drossel singen hörte. Dann schwoll mein linkes Auge schmerzhaft an, und ich nahm instinktiv reißaus. Wieder auf meinem Stuhl am Stammtisch, brauchte ich einige Minuten, um zu begreifen, was mir soeben zugestoßen war.

Alle waren sich einig, dass Isolde diesmal zu weit gegangen war. Am Nebentisch stand ein riesiger, aber eigentlich recht umgänglicher Kerl namens Joseph auf und bewegte sich betont langsam nach hinten. Joseph war ein polnischer Bauarbeiter, der im Ruf großer Körperkraft stand. Die Tür zum Gang schwang zu und Josephs etwas schlurfende Schritte wurden immer leiser. Wir hielten alle den Atem an, so dass es im Schankraum einige Sekunden vollkommen still war. Dann hörten wir ein lautes Poltern, ein stolperndes Geräusch, und schließlich kam Joseph wieder zum Vorschein, taumelnd und verstört. Sein linkes Auge war zugeschwollen und hatte die Farbe der Kornblumen angenommen.

Nun gab es kein Halten mehr für uns, alles stürmte nach hinten und verstopfte unstrategisch den Gang. Ich war in eine der vorderen Phalangen gedrängt worden, fand mich also unversehens wieder im Kriegsgeschehen, aber glücklicherweise waren noch zwei stämmige Gäste des Shirokko vor mir. Einer riss die Tür zum Klosett auf und beide sprangen gleichzeitig zur Seite. – Die lieben braunen Augen und das Gesicht eines Rehes sahen uns an, aber das Wesen stand auf zwei Beinen. Die Klotür wurde donnernd zugeworfen, und wir sahen uns ratlos und sprachlos an. Eine erneute und vorsichtigere Inspektion brachte Gewissheit: Im Herrenklosett des Cafés Shirokko hüpfte und tänzelte ein Känguruh. An einem Halsband hing ein Schild, auf dem mit großen Buchstaben der Name zu lesen war: Schorsch.

„Diese verfluchte Saubande!" ließ sich hinter uns eine männlich tiefe Stimme vernehmen. „Was habt ihr allesammt hier zu suchen?"

Isolde stand hinter uns. Der ganze Pulk machte auf dem Absatz kehrt, so dass ich nun weit hinten im Truppenteil stand. Die beiden Känguruhfänger hinter mir drucksten zunächst herum, dann fiel dem einen eine Ausrede ein:

„Wir hatten gewettet, ob du das Männerklo auch richtig sauber gemacht hast. War Klasse. Isolde, du bist unsere Glanzfee!"

„Ja, natürlich habe ich euren Mist weggemacht!", schrie der Minnen Federspiel. „Wer hat es gewagt, gegen mich zu wetten? Den mach ich fertig!"

Einen kleinen Moment lang wurden mir die Knie weich, weil ich einmal gesagt hatte, Isolde würde bei Mondschein auf ihrem Wischmopp nach Hause fliegen, und dass sie auch als russische Kugelstoßerin durchkäme. Aber in diesem Moment waren wir alle ein Team und hatten ein Arbeitsziel und ein klares Feindbild.

„Der Teufel soll mich holen, wenn ich noch einen Schritt in euer verkommenes Pissoir mache. Ich kündige mit sofortiger Wirkung!"

Ich hörte sie wütend durch den Schankraum stampfen, dann fiel die Außentür krachend zu. Schorsch war also fürs erste in Sicherheit.

Langsam füllte sich die Trinkstube wieder mit Leuten und alle nahmen wir wieder unsere Plätze ein, als Wanni in der Tür erschien und schwerfällig die drei Stufen herunter kam. Er zog einen schweren Jutesack hinter sich her, den er mühsam am Treppenabsatz abstellte.

„Mutter, der Mann mit dem Koks ist da!" höhnte ich ungeachtet meines schmerzenden Auges.

(Wanni war unser Bayer aus Wasserburg. Eigentlich hieß er Alois, aber als ihn einmal eine junge Frau – eine Reporterin, die einen Bericht über das Shirokko und sein Klientel schreiben wollte – nach seinem Namen gefragt hatte, musste er auch mal dringend aufs Klo und antwortete nicht gleich.

„Wann werde ich denn Ihren Namen erfahren?", fragte sie, und Alois darauf:

„Wann i wiedi kimm!"

In der Folge nannte die junge Reporterin ihn dann mehrmals im Gespräch „Herr Wiedikimm". Wir mussten uns Stunden lang das Lachen verbeißen. Seitdem hieß unser Bayer Wanni.)

Sogleich platzten mehrere von uns durcheinander mit der Neuigkeit heraus, auf dem Klo wäre ein Känguruh.

„Möcht wissen", rief Joseph, „wers da hat herein gebracht."

„Mei, dös woar i!", rief Wanni. „Er ist mir zuag'laufn!"

„Und da bringst du ihn hierher und sperrst ihn ins Klo?" ich war gleichzeitig fassungslos und belustigt.

Wanni ließ sich ein Bier bringen und berichtete uns dann:

Gestern hatte es bei ihm an die Wohnungstür geklopft, und als er öffnete, stand Schorsch mit dem Schild um seinen Hals nervös tänzelnd im Treppenhaus. Maria, Wannis Frau, duldete natürlich kein Känguruh in der Wohnung, und in der Not brachte Wanni es nachts in den Shirokko, zu dem er einen Schlüssel besaß, weil er ab und an hinter dem Tresen aushalf. Er hatte Schorsch die ganze Zeit an der Pfote durch dunkle, menschenleere Straßen geführt, und ihn schließlich hier deponiert. Schorsch war vollkommen zahm, und dass er uns boxte, war sicher seiner langen Haft und seiner zunehmenden Nervosität geschuldet. Es stellte sich heraus, dass in Wannis schwerem Jutesack Futter für Schorsch war. Wanni war wahllos einkaufen gegangen, Früchte, Heu, Hackfleisch, Kartoffeln, und er hatte das ganze noch mit Herbstblättern von der Straße aufgefüllt, denn – was frisst so ein Känguruh eigentlich?

Zu Wannis Verdruss schmeckten Schorsch die Blätter von der Straße am besten, und wir dachten, grüne Blätter würden ihm vielleicht noch besser munden. Also schwärmten einige von uns in der nächsten Nacht auf Beutezug aus. Schorsch war praktisch ständig am Mümmeln, so dass wir einen mehrschichtigen Arbeitsdienst einrichten mussten. Mit ausreichender Fütterung wurde er immer zutraulicher und zuletzt ließen wir ihn nach vorn und hinter den Tresen hüpfen. Mein noch immer blutunterlaufenes Auge hatte ich ihm längst verziehen. Liane und Marianne hielten unseren Schorschi praktisch den ganzen Tag hinter dem Tresen und so war der Besucherandrang im Shirokko enorm. Schorschs Fell begann nach frischen Blättern zu duften, und Liane, die schwanger war, konnte nicht aufhören, an ihm zu riechen und ihn zu liebkosen.

Natürlich hielt dies Idyll nicht lange an. Wir fragten uns, wem Schorsch eigentlich gehörte. War er aus einem Zoo oder einem Zirkus entflohen?

Nahezu zwei Wochen waren ins Land gegangen, als schließlich ein gut gekleideter Herr ins Shirokko kam, der von zwei slavisch aussehenden Männern, die ebenfalls recht adrett gekleidet waren, begleitet wurde. Auch jemand vom Zoo, vom Gesundheitsamt und von der Polizei waren mit ihm gekommen. Der feine Herr –

Wanni nannte ihn insgeheim „Bröselschnösel" – stellte sich als Schorschs Besitzer heraus. Es handelte sich um Siegfried Cecilius Hortensius Olivier Rudolpho Schuhmann, der seinen Liebling „Mister Melbourne", wie er ihn nannte, zurück haben wollte.

Schorsch hielt gerade auf dem Herrenklosett sein Nikkerchen. Schweren Herzens gingen Wanni und ich nach hinten, um ihn zu wecken. Als wir mit ihm in den Schankraum traten, machte er noch einen ziemlich schlaftrunkenen Eindruck. Lord Bröselschnösel trat auf ihn zu.

„Mellie, mein Kleiner! Freust du dich, mich zu sehen?"

Schorschs Augen wurden erst groß, dann zog er die Lider herunter und ließ einen ungehalten schnalzenden Laut hören. Der Polizist, die Menschen vom Zoo und vom Amt, sowie die beiden Gorillas bildeten sofort einen Kreis um ihn, und Wanni und ich gingen der Sache jetzt lieber diskret aus dem Weg. Schorsch nahm die Haltung eines Boxers im Ring ein. Schmeling hätte seine Freude daran gehabt.

So mussten wir unseren Schorschi leider fortgeben. Nur eine einzige Genugtuung blieb uns noch: alle sechs Känguruhfänger, einschließlich Lord Bröselschnösel trugen saftige Veilchen davon, welche Kunde gaben, dass sie die erste Runde verloren hatten.

Der Fluss und die Hölleninsel

I

Oh, der Fluss war schön! – Seine Quelle hatte er irgendwo in den Bergen, niemand wusste genau, wo sie war. Von dort aus hatte er sich in Jahrtausenden zäher Unermüdlichkeit sein Bett in Stein und Erde gegraben. Unter Krüppelkiefern floss er, unter den Horsten der weißköpfigen Adler, deren Jungen er das Wiegenlied sang und deren Alten er der blaue Sarg ihres Gefieders war. Gerade die steilste Stelle des Berges hatte er sich ausgesucht, um hinunter in die Ebene zu gelangen: er stürzte in zwei gewaltigen silbernen Bahnen die Klippe hinab, und dort wo er aufprallte, kochte der Nebel fünfzig Fuß hoch. In der Mitte zwischen den Fällen, und mit dem Boden nur durch einen unsicheren Fußpfad verbunden, klaffte eine dunkel bemooste Grotte im Fels, in der sich manchmal ein plumpes Steinbeil oder ein vermoderter Schädel finden ließ. Im Flachland hatte der Fluss sein Bett verbreitert, und behäbig floss er durch eine Grasebene. Dort neigte vormals der alte Leitbulle sein Haupt, das wohl so schwer war von den Sorgen um seine Herde, um von der kristallenen Flut zu trinken. Dann rann es seinen Kinnbart herunter, und das war das Zeichen für die Herde, sich hier für einige Zeit niederzulassen, zu kalben, zu säugen und zu sterben. Manchmal zog auch ein Trupp Menschen – schöner, hochgewachsener Menschen, die glückliche Gesichter hatten und Federn im Haar trugen –, an seinen Ufern entlang, und oft auch setzten sie ihre Boote auf seinen azurnen Rücken, und die Frauen saßen in den Booten und schnitten Binsen, wo die Enten schnatterten und die Rohrdommel wohnte. Dann floss er durch ein Stück dichten Waldes, der sich bis zur Mündung hinzog, und hier setzt auch die Geschichte ein, von der ich nicht weiß, ob sie wahr ist oder nicht. Jedenfalls erzählte man sie sich im Dorf, oder besser: in den paar Holzhäusern, die fünf Meilen linker Hand am Ufer standen.

Es muss schon über hundert Jahre her sein, und man erzählt sich, dass es ein heißer Sommertag war, als die beiden Jungen am Ufer entlang schlenderten. Sie waren Freunde solange sie denken konnten und saßen in der Schule nebeneinander. Sie sahen auch fast wie Brüder aus; beide hatten maisblondes Haar und gebräunte Gesichter, in denen die Augen so blau leuchteten wie der Fluss. Beide trugen auch ähnliche Kleidung, aber die Jungen im Dorf waren alle ähnlich gekleidet: in Schuhen liefen sie nur im Winter, und sonst liefen sie in kurzen Hosen und großkarierten Hemden herum. Die beiden Jungen, von denen ich spreche – vielleicht zehn bis elf Jahre alt – hatten sich vorgenommen, ein großes Abenteuer, eine Mutprobe zu bestehen. Im Dorf stand nämlich eine Sägemühle, deren Besitzer der Vater eines der beiden war. Sie hatten schon oft beobachtet, wie das Holz den Fluss hinauf zum Dorf getreidelt wurde, und oft durften die beiden auch mit den Flößern auf den zusammen geflochtenen Stämmen mitschwimmen. Nun hatten die Freunde an einer Flussbiegung das an beiden Enden abgesägte Stück eines Baumstammes gefunden, das die Holzfäller hier wohl vergessen hatten. Sie wollten auf ihm bis zur Mündung paddeln und dann – und das war das Gefährliche und Abenteuerliche – ein Stück ins Meer hinaus bis zu einem sandigen Eiland, das sie die „Insel der Skorpione" nannten. Als sie an der Stelle anlangten, wo der Stamm lag, verließ den einen der Jungen – wir wollen ihn Jamie nennen – der Mut.

„Du, sag mal: glaubst du wirklich, dass wir es bis zur Insel schaffen?", fragte er seinen Freund.

„Klar.", beruhigte der den anderen, „was soll denn schon passieren?"

Jamie drUckste herum: „Und wenn der Stamm nun untergeht?"

„Du meine Güte! Der geht doch nicht unter! Kannst du dich nicht erinnern, dass sie das Holz oft tagelang auf dem Wasser lassen, bevor mein Vater es verarbeitet? – Mein Vater braucht mit dem Boot bis zur Insel eine knappe Stunde."

„Aber wie kommen wir von der Insel wieder zurück?"

„Der Köhler wohnt doch da. Du weißt doch, der Wahnsinnige. Der hat ein Boot, das er mir schenken wollte, weil er ja sowieso nicht mehr von der Insel geht. Jetzt werde ich es nehmen."

„Du kennst den Köhler?"

„Klar! Mein Vater und ich, wir bringen ihm Sonntags seinen Whisky! Der säuft wie ein Loch!"

Jamie war erschüttert, dass sein Freund zu dem unheimlichen Eremiten Kontakt hatte, schwieg aber still, da er sich vor Paul keine Blöße geben wollte. – Es hieß, der Köhler und seine indianische Frau hätten sich gegenseitig in den Irrsinn getrieben. Er wäre durch sie zum Geisteranbeter und Satansjünger geworden, aber des Bösen Werk wäre auf sie zurück gekommen, und dann hätte sie Gift genommen, hieß es, und wäre unter wahnsinnigem Lachen und Kichern zur Hölle gefahren. In Wirklichkeit hatte die Schwindsucht des Köhlers Frau dahingerafft, aber das wussten nur noch einige der älteren Dorfbewohner. Alle anderen Gerüchte waren üble Verleumdungen, mit denen die Dörfler ihr schlechtes Gewissen beruhig hatten, denn diese – allen voran der neue Reverend – hatten sich geweigert, die Frau auf ihrem Friedhof zu begraben. Sie waren ja entschiedene Nachfolger Jesu und des Köhlers Weib nur eine Indianerin. Der Köhler hatte sie auf eine Bahre aus Weidenzweigen gelegt und sie am Ufer entlang flussaufwärts gezogen. In der Höhle, wo man die Skelette gefunden hatte und die darum die Geisterhöhle genannt wurde, hatte der Köhler seine Frau bestattet, war dann ins Dorf zurück gegangen, hatte sich stumm in sein Haus begeben und zu trinken angefangen. Mit Holzkohle hatte er das Dorf seither nicht mehr beliefert, dennoch blieb ihm die Bezeichnung „Köhler", denn an seinen Namen konnte man sich nicht mehr erinnern. Und eines Tages war die hölzerne Christusfigur von ihrem Kreuz in der kleinen Holzkirche des Dorfes verschwunden und blieb auch verschwunden. Nur die großen Löcher im Kreuz gemahnten fortan die Gemeinde an diese Zeit, an die sich Paul und Jamie noch schemenhaft erinnern konnten. Sie fiel irgendwie mit der Ankunft des neuen Reverend, vier oder fünf Jahre zuvor, zusammen. Der Köhler aber hatte in diesen Tagen endgültig seinen Wohnsitz auf die „Insel der Skorpione" verlegt und wurde seither nie mehr im Dorf gesehen. Er war eine düstere Legende geworden.

Jamie und sein mutigerer Freund Paul rollten den Stamm näher ans Ufer, wobei sie sich sehr anstrengen mussten. Schließlich hatten sie es geschafft, und der Stamm spritzte ins Wasser und sank zur Enttäuschung der beiden sofort hinunter. Als ihre Gesichter so lang waren, wie Gesichter sich nur in die Länge ziehen lassen, kam der Stamm mit einem Geräusch, das wie eine Reihe von Schüssen aus dem Revolver von Jamies Vater klang – der der Sheriff des Dorfes war – an die Oberfläche und blieb dort wie ein Korken liegen. „Jippie!!", schrie Paul, und dann wateten sie zu dem Stamm und zogen sich hinauf. Paul saß vorn und Jamie hinter ihm, sich ängstlich an den Hüften des Freundes festhaltend. Paul hatte ein breites Holzpaddel mitgebracht. Der Stamm war schwer zu lenken, aber als er in der Mitte des Flusses von der eigentlichen Strömung erfasst wurde, trieb er von ganz allein gemächlich dahin.

„Du, Paul", sagte Jamie nach einer Weile, „glaubst du, dass es hier Tiere gibt, die beißen können?"

„Sicher!", erwiderte Paul, der seinen Freund gern neckte, „Mein Vater hat letztes Jahr einen Hecht gefangen, der war so lang, wie mein Arm."

„Und beißen Hechte auch Menschen?"

„Nein, nicht dass ich wüsste. – Zehen sollen ihnen angeblich sehr gut schmecken, aber sie haben meistens von einem genug."

„Und was machen wir, wenn ein Hecht kommt?"

Paul musste über die Naivität seines Freundes lachen.

„Ach, glaub doch nicht alles, was ich dir erzähle!", rief er kichernd, doch dann verstummte er, denn sie sahen etwas, das der Strömung trotzend in der Mitte des Flusses stand, etwas das aussah wie eine spitze Rückenfinne.

„Paddel schnell ans Ufer!", schrie Jamie, „Das ist ein Hai, Paul, ein Hai!"

Und die Jungen fingen verzweifelt zu paddeln an, aber sie waren schon darauf zugetrieben und spürten an ihren nackten Beinen etwas Rauhes, das sich wie die Haut eines Raubfisches anfühlte! – Hätte Paul nicht spätestens jetzt gesehen, was es war, dann hätte er vermutlich auch geschrieen, aber jetzt wussten sie beide: es war die abgebrochene Spitze eines Baumes, der einst mitten im Fluss gewachsen war – sei es, dass die Insel, auf der er gewurzelt hatte, überspült wurde, oder dass er ein Same von der Größe einer Zwiebel war, die den Fluss hinunter getrieben war –, und an einer Bodenerhebung hängen blieb, und den wohl ein Sturm oder die stete Welle gebrochen hatte. Obwohl sie noch den Schrecken in den Knochen sitzen hatten, lachten sie jetzt beide.

Ja, der Fluss war schön! Wo er ins Meer floss, schäumte er und warf Tropfen empor, die im Sonnenschein aussahen wie kleine bunte Schmetterlinge, und den Jungen, die rittlings auf dem Baumstamm saßen, schien es, als wäre die Luft voller Silberstaub und goldener Funken. Als sie ins Meer schwammen, waren sie klatschnass, wie nach einem heftigen Regenschauer, aber es war Sommer, und sie froren nicht. Bis zur Insel war es nicht mehr weit, und das Meer – das heißt: der Meeresarm, der die Insel vom Festland trennte – war ruhig. Sie mussten nun wieder paddeln, denn die Tiefenströmung des Flusses trieb sie nicht mehr weiter. Aber sie konnten die Insel schon sehen.

...Es war von weither gekommen, war den Boden entlang geschwommen, der sich unmerklich gehoben hatte, war in den Meeresarm geglitten und schwamm jetzt dicht unter der Oberfläche. Es wusste nicht, dass es auf dem Land Wesen gab, die, hätten sie es gesehen, gesagt hätten, es sähe scheußlich aus. Es wusste auch nicht, dass es das einzig Überlebende seiner Art war, wusste noch nicht einmal, ob es ein Fisch oder ein Reptil oder etwas ganz anderes war. Es schwamm

jetzt nur drei Steinwürfe von der Insel entfernt, als es den Stamm sah, von dem etwas hing, das nach warmem Fleisch roch…

Jamie merkte, dass etwas sein Bein entlang strich, aber er dachte, es wären schwimmende Pflanzen. Dann bohrten sich tausend Messer in sein Bein, knapp unterhalb des Knies. Eine Sekunde nur dachte er, er wäre an einer scharfen Felskante hängen geblieben, dann stieg der Schmerz rasend schnell an, und Jamie tat das einzige, das ihm zu tun blieb: er schrie aus Leibeskräften. Als Paul sich umdrehte, weil der Schrei sehr laut war und weil Jamie ihn so fest an der Taille gepackt hatte, wie es sonst nur ein starker Mann hätte tun können, sah er, wie sein Freund aschfahl auf dem Stamm hing, mit fast zur Unkenntlichkeit verzerrtem Gesicht. Paul sah den Stumpf, aus dem sich das schwarze Blut in breitem Strom ins Meer ergoss, und er sah darunter den sich um sich selbst bewegenden Schatten des Tieres, das im Blutrausch mit weit geöffnetem Maul die dunkelrote Welle kreuzte, ohne sich um weitere Nahrung zu kümmern, taumelnd vor Glück. Paul beugte sich vornüber und paddelte so schnell wie er konnte auf die Insel zu, während sich Jamie noch an ihm festhielt, seinen Griff aber merklich gelockert hatte. Eine gütige Welle hob den Baumstamm mit den Jungen hoch und setzte sie so sanft sie nur konnte auf dem festen Land ab. Paul zog seinen Freund über den Strand. Jamies zerfleischtes Bein pulsierte unaufhörlich, und das Blut sickerte in den Sand.

II

Die Hütte war dürftig eingerichtet: ein Holzgestell, das mit dem Fell eines Büffels bespannt war, diente als Bettstelle, Sitzplatz und Unterstellmöglichkeit für die Truhe, in der seine Kleider lagen. An der gegenüberliegenden Wand hing ein großer blinder Spiegel, und zwischen Bett und Spiegel war die mit großen Steinen eingefasste Feuerstelle mit dem darüber hängenden Kochtopf. Alles in diesem Raum wirkte roh und ungemütlich wie in einer Steinzeithöhle oder in der Klause eines Eremiten. Auch war die Hütte nur spärlich beleuchtet, denn sie hatte kein Fenster und die einzige Öffnung außer der Tür war der Rauchabzug im Dach. Nachts war es in der Hütte dunkel, denn in der Nacht schlief er und Feuer wurde nur zweimal gemacht: einmal um die Mittagszeit und einmal am Abend.

Er stand jeden Morgen kurz bevor die Dämmerung einsetzte auf, obwohl er keine Uhr hatte, zog sich seine Kleider an – meist eine derbe Hose, eine Joppe und klobige Schuhe –, verließ die Hütte und trat an den Trog mit Regenwasser, den er nahm und über sich ausgoss. Er hatte immer den Trog voll Wasser, denn Nachts regnete es manchmal, und die Sonne, die tagsüber so unbarmherzig über der Insel brannte und die auch im Winter selten hinter Wolken verschwand, trocknete ihm die Kleider am Leibe.

So trostlos wie die Hütte war auch die Insel, auf der sie stand: es war eine Anhäufung von Sanddünen, und es schienen hier andere Zeitgesetze zu herrschen als auf der übrigen Erde, so als wäre ein Stück planetarischer Wüste der Gegend als unglückliches Vorzeichen aufgepfropft. Im Sande gediehen nur spärliches, hartes Gras und Krüppelgesträuch, wo die Kaninchen im

Schatten saßen, die er jagte. Kaninchen und Skorpione waren die einzigen Tiere, die es hier im Überfluss gab, und letztere erreichten fast die Größe einer Männerhand. Hatte er ein Kaninchen erlegt – er tat dies mit einer Steinschleuder, denn er wäre nicht einmal unter Menschen gegangen, um Patronen zu kaufen – so ließ er es im Gesträuch liegen und wandte sich der Küste zu, um seine Angeln zu kontrollieren. Mit einem Fisch in der Jackentasche kehrte er zum Platz zurück, wo das tote Kaninchen lag, und wenn die Skorpione es nicht gefressen hatten, nahm er's und trug's zur Hütte. In ihrem schwachen Feuerschimmer briet und verzehrte er sein mageres Mahl, das einzige, das er zu sich nahm. Wieder ging er dann in die Sonne hinaus, die er sein „Fegefeuer" nannte, und schritt tüchtig aus, bis er im Südwesten auf einer Landzunge anhielt, wo seine Arbeitsgeräte lagen; eine Axt und eine Schaufel. Dies war sein Meiler. Er brannte für sein eigenes Feuer Holzkohle aus den dürren Ästen der Insel, die er für sich die „Hölleninsel" nannte. Gegen Abend betrat er wieder die Hütte, aber bevor er sich schlafen legte, saß er noch auf seinem Bett und hatte Feuer angezündet und glotze oft eine Stunde oder zwei in die Flammen oder in den Spiegel, der ihm sein unrasiertes, geschwärztes Antlitz zeigte, das im Feuerschein einen grotesken Tanz der Mimik aufführte: ein Gesicht, das gleichsam als Kainszeichen eine große Eiterbeule mitten auf der Stirn trug. Und wenn er genug gesessen, gestiert und gegrübelt hatte, kramte er aus seiner Kiste eine von den sieben Flaschen Whisky, die ihm der Sägewerker und sein Sohn aus dem Dorf auf dem Festland – die einzigen Menschen aus einer ihm entfremdeten Sphäre, zu denen er noch Kontakt hatte – Sonntags mitbrachten, und trank bis er in den Schlaf fiel. An diesem Leben war der alte verbitterte Mann zerbrochen. Er lebte in Menschenverachtung und Wahnsinn dahin, tagaus, tagein, und rechnete sich nicht mehr zu den Menschen, die an seinem Unglück schuld waren, sondern zu den Geistern der Hölle.

Er saß in der Hütte und hatte gerade einen Fisch gegessen, als er Schreie vernahm. Er lauschte. Sie kamen von der Küste, und er erhob sich und verließ die Hütte. Er ging zwischen den Dünen hindurch, blieb immer wieder stehen und lauschte. Nun vernahm er das gedämpfte Rauschen der See und das Kreischen der riesigen sichelflügeligen Möwen.

„Warum suchst du mich noch immer mit deinen Täuschungen heim?", flüsterte er, und in seinen Augen glomm wieder das matte Sankt-Elms-Feuer, das die Menschen für Wahnsinn hielten.

„Ist's dir noch nicht genug, dass du mir Julie und unser ungeborenes Kind genommen hast?"

Er kehrte um, und war kaum zehn Schritte zurück gelaufen, als er den gellenden Hilfeschrei hörte, diesmal ganz nah zur Linken in Richtung seiner Hütte. Sonnenstrahlen stachen ihn wie mit spitzen Nadeln und brachen seinen Blick. Dann sah er die beiden Gestalten, die eine gebeugt und die andere am Boden liegend. Er ging zögernd auf sie zu, erkannte Paul und einen ihm unbekannten Jungen, der zu Pauls Füßen lag. Dann sah er die schreckliche Wunde des liegenden Jungen. Pauls Gesicht war tränenüberströmt.

„Er ist... er ist...", stammelte Paul immer wieder, ohne den Satz beenden zu können. Aber der Köhler fragte nichts. Er hob das verletzte Kind auf seine Schultern wie ein Lamm und trug den Ohnmächtigen zur Hütte, von dem still vor sich hin weinenden Paul begleitet. In seiner Behausung legte er seine Last ab.

„Ist er tot?", hauchte Paul.

„Er ist ohnmächtig.", erwiderte der Köhler.

Er zog die Truhe unter dem Bett hervor, öffnete sie und entnahm ihr ein sauberes Kleidungsstück, ein besticktes Hemd seiner Frau, und legte es unter den Beinstumpf des Jungen.

„Er heißt Jamie. Ich wollte nicht…"

Der Köhler band das Hemd fest um den Stumpf und nahm eine Whiskyflasche aus der Kiste.

„Mach das Boot klar.", sagte er, und Paul lief hinaus aus der Hütte zum Wassertrog, wo das Boot an der Wand lehnte. Er hieb eines der Ruder in den Sand, weil sich ein Skorpion daran festgeklammert hatte, und merkte erst spät, dass das Tier tot war. Er zog das Boot auf dem kürzesten Weg zum Strand und kam dann wieder zurück. Drinnen versuchte der Köhler, Jamie den Whisky einzuflößen. Als das scharfe Zeug in seinem Mund war, erwachte der Junge und begann zu stöhnen.

„Trink das.", flüsterte der Köhler, und Jamie versuchte zu trinken, spie aber alles wieder von sich, und sein Kopf sank wieder hinunter. Er träumte: fühlte die warme, weiche Hand seiner Mutter auf seiner Stirn, und dann beugte sie sich zu ihm hinunter und küsste ihn.

„Mein kleiner Jamie! Nun musst du von mir weg gehen!", weinte und klagte seine Mutter, und ihre Tränen fielen heiß wie Lava auf seine Stirn. Wieder küsste ihn seine Mutter. Dann lösten sich ihre Lippen, und er wurde mit großer Macht davongewirbelt.

Als Jamie sich erneut aufgebäumt hatte, kramte der Köhler weitere Hemden aus der Kiste und versuchte damit, so gut er es vermochte, die Blutung zu stillen.

Erst als er Paul hinter sich aufschluchzen hörte, sah er in Jamies Gesicht. Er wischte den Schaum von den Lippen des Verstorbenen mit zerstreutem Blick als suche er etwas weit in der Zeit Zurückliegendes, und seine Hand fuhr immer wieder hastig und hart durch das nasse Haar des Kindes.

Die Nacht war angebrochen, und sie trugen Jamie zum Strand und legten ihn in das Boot. Der Köhler sah mit stumpfen Augen aufs Meer hinaus. Das Wasser leuchtete aus eigener Kraft so sehr, dass sich die verwischte Kontur des Festlandes in der Ferne abzeichnete. Der Köhler grübelte lange vor sich hin.
„Warte hier.", sagte er plötzlich und ging davon. Paul sah ihn in den Dünen verschwinden. Er sah auf das im Nachtschein verschwimmende Gesicht seines Freundes nieder. Dessen Augen waren verschlossen und die Mundwinkel herabgezogen, als ärgere ihn etwas. Dann zog ein blutroter Schimmer über Jamies Gesicht, und Paul sprang auf, um nach dem Köhler zu rufen. Er sah ihn schattenhaft aus den Dünen heraustreten und sah die Sandhügel im rosigen Scheine des Feuers, das der Mann an seine Wohnstätte gelegt hatte. Der Köhler kam ohne ein Wort näher, und dann stiegen sie ins Boot, der Mann vorn, die Kinderleiche in der Mitte und Paul im Heck. Der Köhler ruderte. Es war Nacht, aber sie kannten den Weg.

Als die Sterne ihnen die Flussmündung gewiesen hatten und sie durch die spritzenden Kaskaden dunklen Schauers das Delta passierten und flussaufwärts durch metallene Nachtstimmen von Fröschen und Zikaden durchs Schilf ruderten, brach Paul das Schweigen, das in ihnen herrschte.

„Sie haben die Hütte abgebrannt."

„Ich war lange genug dort."

„Es wäre schön, wenn Sie bei uns im Dorf bleiben könnten."

„So?"

„Ich würde allen sagen, dass Sie nicht der sind..."

„Du meinst", unterbrach ihn der Köhler, „dass ich nicht der bin, für den deine Leute mich halten. Bist du denn so sicher?"

Paul antwortete mit einem fragenden Schweigen, und der Köhler sprach weiter:

„Die Menschen sind nicht so taub und so blind wie ich einst dachte. Sie wahren die Interessen ihrer Art, und sie wahren sie gut, denn jeder Einzelne opfert ihnen sein Leben."

Paul verstand nicht; so schwiegen sie wieder eine Weile, bis er wieder fragte:

„Wo wollen Sie denn jetzt hingehen?"

Der Köhler schwieg. Erst als sie dem Dorf nahe gekommen waren und die Sägemühle sahen, die wie ein brütendes Untier am Ufer hockte, den kurzen Turm der Kirche, der dennoch nächtige Wolken zu zerteilen schien, fand der Köhler seine Sprache wieder.

„Du wirst hier aussteigen."

„Nein... ich will..."

Der Mann wandte sich um mit einer Strenge des Blickes, die den Jungen verwirrte.

„Höre: was immer wir ihnen zu unserer Rechtfertigung sagen, werden sie uns nicht glauben, dir nicht, weil du ein Kind bist, und mir nicht, weil sie mich verflucht haben. – Du wirst jetzt aussteigen und heimlaufen. Wenn sie dich fragen, so wirst du antworten, du wärst den ganzen Tag allein gewesen. Du wärst zu weit gewan-

dert und von der Nacht überrascht worden. Und was immer mit mir geschieht: kümmere dich nicht darum!"
„Was wird mit Ihnen geschehen?"
„Hast du jemals einen Wolf gesehen?"
„Es gibt viele hier."
„Wenn sie gut genährt sind, sind es herrliche Wesen."
Der Köhler hatte das Boot ans Ufer gelenkt. Paul erhob sich gehorsam.
„Sehe ich Sie wieder?", fragte der Junge.
„Du wirst mich wiedersehen.", erwiderte der Köhler. „Schon morgen wirst du mich wiedersehen. Aber höre: es ist gefährlich bei den Wölfen, wenn man ein Mal trägt. Du musst jetzt stark sein! Und du hältst den Mund, verstanden? Geh jetzt!"
Paul stieg aus dem Boot, aber er hatte nicht verstanden. Was trug er für ein Mal? Vor den Wölfen hatte Paul keine Angst. Sie ließen sich leicht mit Steinen vertreiben wie Hunde. Der Köhler hatte das Boot vom Ufer abgestoßen und fuhr immer näher an das Dorf heran, bis ihn die Schatten verschluckten.

III

Pilatus Washington Foggymoon, der „Friedensrichter" der Gemeinde, wachte, von lautem Geheul geweckt, aus seinem tiefen Schlaf auf.
„Hab ich doch wieder von den Blaubeerkuchen Miss Meaners geträumt.", brummelte er, denn seit er Witwer war, führte er oft Selbstgespräche. Der mit gelinden Worten korpulent zu beschreibende Mann erhob sich ächzend und trat im Nachthemd – in dem er tatsächlich aussah, wie der Vollmond im Nebel – ans Fenster, um zu sehen, was vorgefallen war. Er öffnete die Lä-

den und sah fast das ganze Dorf vor seinem Hause stehen. Die meisten trugen wie er weiße Nachthemden. Im Fackel- und Kerzenschein sahen sie wie Gespenster aus.

„Bin wohl wieder der letzte, der erfährt, was das ganze Dorf zur Geisterstunde auf den Beinen hält.", murmelte er, trat in die Stube zurück, machte Licht und schlüpfte in seine Hosen und Pantoffeln. Es wurde an die Tür geklopft.

„Ja, verdammt, ich komme ja.", sagte er undeutlich mit schlafverhangener Stimme und trat vor das Haus. Dann sah er die provisorische Bahre und den Jungen darauf. Die Mutter, eine hübsche, zierliche Frau, lag wie ein Wurm gekrümmt neben ihm auf der Erde, und ihr Leib bebte und zitterte vor Schluchzen. Der Sheriff, ihr Mann, stand neben ihr, ohne sie zu trösten. Er war der einzige voll angekleidete Mensch, und er trug den Stern, der im Feuerschein wie ein echter Stern funkelte. Des Sheriffs Gesicht war grau und starr, und er stand in den Boden gerammt wie ein Gedenkstein, als wäre alle Energie auf der fünfzackigen Stelle fingerbreit über seinem Herzen zusammen geflossen und dort als Lichtquelle zum Ausbruch gekommen.

„Es ist mein Jamie.", sagte er mit einer Stimme, die so metallen und hart war wie seine blecherne Anstecknadel.

„Wer hat es getan?", fragte Foggymoon, und zur Antwort stießen sie den Schuldigen aus der Menge. Dieser blickte verstört in die Runde. Aus seinen Mundwinkeln lief Blut, und ein Auge war zugeschwollen. Mit einem Minimum an Bewegungen trat der Sheriff an ihn heran, griff ihm ins Haar und riss ihm den Kopf hoch.

„Dieser Teufel hat meinen Sohn ermordet!", schrie die Frau. Ihr Gesicht war dreckverschmiert, und das Haar

100

hing ihr wirr in die Stirn. Sie schrie und heulte hemmungslos: „Mörder! Mörder!", und wie der Chor einer griechischen Tragödie fiel die Menge in den Ruf der Verzweifelten ein.

„Ruhe!", brüllte der Friedensrichter, und auf sein Wort hin wurde es still.

„Ich will, dass ihr den Mann ins Gefängnis steckt, und morgen werden wir hören, was er uns zu sagen hat!"

Er beugte sich zu der schluchzenden Frau und sprach auf sie ein:

„Hören Sie: Sie können Ihren Jungen für's Erste bei mir lassen."

„Nein! Nein!", schrie die Frau auf, „Ihr könnt ihn mir nicht nehmen! Ihr dürft mir meinen Jamie nicht wegnehmen!"

Und die Frau wurde von ihrem Mann aus der Menge getragen. Er hob sie auf und trug sie wie ein Bündel erschauernden Laubes, und sein Gesicht war noch immer versteinert.

Es war schon spät am Morgen, und die Sommersonne hatte die Luft mit drückender Wärme erfüllt. Der Friedensrichter war schon aufgestanden und bereits voll angekleidet. Er hatte den Rest der Nacht sehr schlecht geschlafen, zum Teil auch, weil die Leiche des Jungen im Nebenzimmer lag. Foggymoon saß an seinem Sekretär, ein weißes Blatt Papier vor sich, und wollte einen Brief an die Schwester seiner Frau schreiben, hatte schon mehrmals begonnen, doch seine Worte immer wieder verworfen. Vielleicht wollte er auch nur seiner Erregung Herr werden, die von ihm Besitz ergriffen hatte. So begann seine Hand auf dem Blatt Linien zu zeichnen, während seine Augen an dem Bild seiner Frau hingen, als könne sie ihm Antwort auf das nächtliche Geschehen geben.

„Nun, was hältst du von der Geschichte?", fragte er, wobei es auch für ihn nicht ganz sicher war, ob die Frage an das Portrait der Verstorbenen gerichtet war oder an ein inneres Selbst.

Es klopfte an der Tür, und er rief laut: „Herein, bitte!"

Es war der Reverend, der ins Zimmer trat. Der spindeldürre, hochgewachsene Mann, der in seinem schwarzen Anzug wie einer aussah, der gerade dem Reich der Schatten entsprungen war, schaute sich mit irritiertem Blick in der Stube um, als erwartete er, nach den Vorfällen der Nacht eine Veränderung darin.

„Setzt Euch, setzt Euch!", beeilte sich der Friedensrichter zu sagen, aber der Angesprochene blieb stehen, den Blick verlegen auf seinen Lackschuhen.

„Ach, Bruder Friedensrichter, ich sehe noch immer das Bild Ihrer verstorbenen Gattin. Steht nicht geschrieben: *Du sollst dir kein Bildnis, noch irgendein Gleichnis machen, weder des, das oben im Himmel, noch des, das unten auf Erden, oder des, das im Wasser unter der Erde ist!* Bruder Friedensrichter, Ihr seid ein unverbesserlicher Freigeist! Ihr wisst doch, dass ein gebrochenes Gebot ein Bruch des ganzen Gesetzes ist! – Aber ich bin nur gekommen, um den Jungen zu holen. Im Sägewerk hat man noch Nachts am Sarg gearbeitet und ihn soeben fertiggestellt. Das ganze Dorf ist schon auf dem Friedhof."

„Nun", brummte der Friedensrichter, „ich sehe, ich bin wieder der letzte, dem man Bescheid gibt."

Er erhob sich und führte den Reverend ins Nebenzimmer. Eine Frau aus dem Dorf hatte die Leiche gewaschen und in ein Nachthemd – eines ihrer eigenen

– gekleidet. Die grausame Verletzung wurde sorgsam in den wallenden Stoffen verborgen.

„Dieser Satan.", flüsterte der Reverend.

„Nun, nun, Reverend – noch ist die Schuld des Mannes nicht erwiesen."

„Ja, haben Sie denn noch nicht gehört, dass der Mann bereits gestanden hat?"

Foggymoon verschlug's die Sprache. Er sah seinen Gegenüber an, als hätte er nicht richtig verstanden. Endlich brachte er hervor:

„So, so. Und kann man Genaueres erfahren?"

„Ich weiß auch nichts Näheres.", antwortete der Reverend. „Er hat gestanden, den Jungen getötet und sodann verstümmelt zu haben. Man kennt ja die heidnischen Feste und Mähler der Satansanbeter."

(Er kannte sie durchaus nicht, malte sie sich aber oft genug genüsslich aus.)

„Aha.", sagte der Friedensrichter, während ihm ein kleiner Schauer den Rücken hinunterlief. „Und von wem wisst Ihr von der Geständigkeit des Mörders?"

„Mit Verlaub: man erzählt sie sich im ganzen Dorf. Es ist das Tagesgespräch."

„Also, das ist doch die Höhe!", polterte der Friedensrichter, „Obwohl ich hier scheinbar der wichtigste Mann und erste Bürger des Dorfes bin, erfahre ich – wie schon des Öfteren angedeutet – immer alles zuletzt! Und während ich mich schweißgebadet im Bett hin und herwälze, werden in anderen Häusern Särge gebaut und Geständnisse abgelegt!"

Er schnappte nach Luft, konnte aber nicht weiterreden, denn es klopfte wieder, und auf sein gereiztes „Herein!", traten zwei Männer erst in die Stube und dann – als sie den breit den Türrahmen füllenden Friedensrichter sahen – ins Nebenzimmer. Sie trugen den

Sarg. Man legte den Jungen hinein und schloss den Deckel, und Foggymoon fühlte sich schmerzlich an den Tod seiner Gattin erinnert. Sodann brach man auf; der Reverend, dürr wie der Tod, voran, dann die Männer mit dem Sarg und hinterdrein, mit kummervollem Babygesicht, der wichtigste Mann und erste Bürger des Dorfes. Und als der Weg in den Wald ging, sahen sie hinter den Büschen schon die trauernde Gemeinde am klaffenden Grabe stehen.

Wenn wir von hier aus fünfzehn Jahre in die Zukunft blicken, sehen wir Pilatus Foggymoon noch immer an seinem Schreibtisch sitzen. Noch immer ist sein Babygesicht bekümmert. Manchmal, wenn er unliebsamen Besuch bekommt, kann es noch sein, dass er wie ein Feuerwerkskörper in die Luft geht, und er ist noch dikker geworden. Das liegt an den Blaubeerkuchen von Miss Meaner, Verzeihung, von Mrs. Foggymoon, denn er hat sie inzwischen geehelicht und ist sehr glücklich mit ihr (und den Blaubeerkuchen). Für das Amt des Friedensrichters ist er inzwischen zu alt geworden, obwohl noch immer viele Leute aus seiner Gemeinde lieber bei ihm um Rat fragen als bei Paul Richardson, dem sehr jungen Friedensrichter, dem Neffen seiner ersten Frau. Paul Richardson – der kleine Paul unserer Geschichte – ist zwar ein sehr beliebter Mann des Dorfes geworden und hat auch die nötige Portion Humor, um die fünf kleinen Gemeinden in guten und bösen Zeiten auf seinen Schultern durchs Leben zu schleppen, aber der dicke Foggymoon ist nun einmal ein verdienter Mann des Dorfes, und wer sind wir, ihm diesen Stolz nehmen zu wollen?

Zum Zeitpunkt unserer Geschichte jedoch ist Paul Richardson noch ein kleiner Lausbub, der zudem gerade sehr traurig und bekümmert ist. Auch Foggymoon ist traurig und bekümmert. Er fühlt sich bei all seiner Gemütlichkeit überfordert und ausgebrannt. Er ist seit dreizehn Jahren Witwer, und noch immer wohnt seine geliebte Emily-Sue in seinem Herzen, ist ein Teil von ihm und in ihrer sanften, schlichten Weisheit die Gesprächspartnerin seiner einsamen Tage. Sie war und ist die eigentliche Friedensrichterin. Foggymoon ist nur ihr Gehilfe. – Warum fällt es ihm so schwer, die fünf kleinen Gemeinden zu verwalten? Ein Grund mag sein, dass unser Dorf am Fluss sozusagen die Südspitze eines sehr spitzwinkligen Dreiecks darstellt, deren andere Winkel – jeweils von zwei beieinander liegenden Gemeinden markiert – längst nicht soweit von einander entfernt sind. Das heißt: unser guter Friedensrichter befindet sich am entlegendsten Punkt seines Einflussbereiches. Während die vier anderen Gemeinden im Norden durch eine Eisenbahnstrecke miteinander verbunden sind, bleibt dem guten Foggymoon nur die Postkutsche. Sein aktuelles Problem stellt sich nicht so geopolitisch dar: er hat es vor seiner Haustür. Er möchte seine Frau fragen, die ihm gewiss in seinem Herzen eine Antwort geben wird.

Heute war der Reverend hier, den kleinen Jamie zu holen, beginnt er. *Du kennst ihn ja nicht persönlich, aber ich habe dir ja schon viel von ihm erzählt.* Foggymoon richtet sich wie immer an das Portrait seiner Frau. Nicht nur ihr Bild, ihr ganzes Wesen ist in seinem Herzen, aber es fällt ihm immerhin leichter, sich an das Bild zu richten, so als wäre das Bild ein Portal, ein Zugang zu ihrer Seele; nicht der einzige zwar, aber der unmittelbarste. *Und denk dir, Sue: er sagte, ein Bild von dir sei Sünde, und hat es aus der Bibel zitiert.*

Er erinnert sich an den alten Reverend, der ihn und Sue getraut hatte. Der war ein rustikaler Lutheraner gewesen, schwer und dennoch voller Energie. Auch *er* war voller Glaubenseifer gewesen, aber er hatte den – damals noch vier – kleinen Gemeinden ohne Unterlass Vergebung und Hoffnung gepredigt. Allerdings hatte auch *er* es nicht vermocht, den in sich selbst verbissenen Köhler in die Kirche zu bringen. Der alte Atheist war schon damals im Dorf ein unheilbarer Außenseiter gewesen. Zwischen dem alten Reverend und dem Köhler gab es damals so etwas wie eine schweigende Übereinkunft gegenseitiger Achtung. Dann – vor ungefähr fünf Jahren hatte sich schlagartig alles geändert: der alte Reverend starb, und ungefähr gleichzeitig kam die fünfte Gemeinde dazu und wurde sofort wegen ihrer Größe zur Kreisstadt. Es war eine Gemeinde von Wiedertäufern und sie entsandte den neuen Reverend in das kleine Dorf am Fluss. Dieser neue Reverend las der Gemeinde zwar auch aus der Bibel vor, verlegte sich aber mehr auf das Alte Testament. Zuerst schien es der Gemeinde, als würde er eine Kette von Flüchen, wie Pistolenschüsse, auf die Gemeinde abgeben. Er geißelte die Vergehen jedes Einzelnen in der Kirche, und alle sahen sich zunächst ratlos an, denn diese angeblichen Verfehlungen schienen fast alle nur liebenswerte Unfertigkeiten und kleine Schrullen zu sein. Der Reverend verbot die Musik in der Kirche, und der Gottesdienst bestand nur noch aus einem fast dreistündigen Bußkatalog. Der nächste Schritt des Reverends bestand in der Verlegung des Gottesdienstes vom Sonntag auf den „Sabbath". In der kleinen Gemeinde war nicht ein einziger Jude, und wieder waren die Menschen ratlos. Es gingen zwar alle in die Kirche, des Reverends Predigten zu hören, aber viele Familien trafen sich Sonntags reihum in den Häusern, um dort ihre kleinen Andachten zu halten.

Dann starb des Köhlers indianische Frau. Der Köhler konnte den Verlust nicht verwinden und stromerte betrunken durch die Umgegend. Er wetterte in geradezu prophetischen Worten gegen den neuen Reverend, aber die Gemeinde hatte den Köhler schon lange abgeschrieben, und eines Tagen packte er seine Sachen und zog auf die Insel vor der Küste.

Und jetzt erinnerte sich Foggymoon genau: Damals hing der Christus noch in der Kirche, und als er plötzlich verschwand, *war der Köhler schon auf der Insel.* Foggymoon wusste jetzt, wer allein ein Interesse daran hatte, die Figur verschwinden zu lassen. *Du sollst dir kein Bildnis machen*, hatte der Reverend gesagt. Der Verdacht schien zu ungeheuerlich, und Foggymoon konnte und wollte auch niemanden bezichtigen. – Nun war der Köhler wieder zurück gekommen, und alles eskalierte. Foggymoon erwog ernsthaft, dem Köhler beizustehen, und sei es gegen das ganze Dorf. Aber es schlich ein Gefühl in sein Herz, das er noch nicht kannte: seine eigene Sicherheit war erschüttert.

„Warum auch", sagte er laut, „warum auch musste der Lump zurückkommen!"

Der Köhler war der Sündenbock aus dem Alten Testament. Lange schon hatte ihm die ganze Gemeinde ihre Hände aufs Haupt gelegt und ihn in die Wüste geschickt. Es hatte für Foggymoon etwas Unverschämtes, etwas Blasphemisches, dass der Bock mit den Sünden des Volkes beladen aus der Wüste in die Gemeinde zurück gekommen war, aber eine andere Stimme sprach im Herzen des Friedensrichters:

Pill, alter Junge, willst du nicht mit all den Mutmaßungen nur deine Furcht bemänteln?

Wann immer in den alten Zeiten ein Opfer geschah – wusste Foggymoon – diente es nicht dazu, die Menschen glücklicher zu machen oder sie Gott näher zu bringen, *sondern einzig dazu, die bestehende Ordnung aufrecht zu erhalten.* Der Friedensrichter wusste, dass dieser Gedanke richtig war. – Und er beschloss, den Köhler in das Unheil rennen zu lassen, das er ja ganz offensichtlich aus freiem Willen auf sich genommen hatte.

„Ich werde mich mal weiter mit den Akten beschäftigen.", sprach er zum Bild seiner Frau, aber das Bild schwieg.

Das Amtsgebäude hatte nur eine einzige Zelle, und in dieser lag der Köhler auf einer Pritsche. Seine Hände waren ihm auf den Rücken gefesselt, und er befand sich in einer sehr schmerzhaften Lage, da ihn die eigenen Knöchel in die Wirbelsäule drückten. Es roch so sehr nach Kot, Urin und Erbrochenem, dass kaum noch Sauerstoff vorhanden war. Gegen Morgen waren der Sheriff und sein Helfer gekommen, und sie hatten ihn halbtot geprügelt. Er hatte keine Zähne mehr und blutete aus mehreren Wunden. Und dennoch lächelte er. Alle Widrigkeiten schienen spurlos – wenn nicht an seinem Körper, so doch an seinem Wesen – vorüber gegangen zu sein. Fünf einsame Jahre hatte er auf der Hölleninsel verbracht, und seine Menschenverachtung hatte sich in der Einsamkeit, ohne dass der Köhler es selbst gemerkt hatte, überlebt und war schließlich wie eine überreife Frucht von seinem Geist gefallen. Er liebte jetzt: liebte die Menschen, die ihn peinigten, weil sie nicht anders denken konnten, als dass jegliche Fremdheit – sei es der Art oder des Geistes – ihre Gemeinschaft zersetze. Aber er liebte sie nicht wie seinesgleichen, sondern mit der Hingabe des Botanikers, der seltene Pflanzen studiert, nicht achtend der Zweige, die ihm auf seinem Weg ins Gesicht schlagen. Resignation mischte sich in dieses Gefühl, geboren aus der Einsicht, dass man die Menschen nicht ändern kann, gerade weil man einer von ihnen ist. Er begann zu singen, aber es war nichts zu hören, weil er innerlich sang. Es war auch kein Kirchenlied, sondern ein indianischer Gesang, ein Preis des Lebens, in welches man eingeht, wenn der Körper zur Nahrung für die Welt wird, für die Bäume, den Wind und das Wasser. Dann hörte er, wie der Wächter, der mit stumpfem Gesicht vor der Zelle auf und ab patrouilliert war, stehen blieb, und dann rasselte das Schloss, und der Köhler hob die Augenlider und sah den Reverend eintreten.

„Ach, Bruder Köhler, was hat man dir angetan?", rief er ehrlich bestürzt.

Der Köhler lächelte.

„Was soll dies infantile Grinsen?", fuhr der Reverend fort, noch immer mit mitfühlender Stimme: „Ist es nicht um so schlimmer, dass Gott nun dein verstocktes Herz von sich weisen wird, rufend: *Weichet von mir, ihr Heuchler!*"

Der Köhler ließ nicht ab, zahnlos zu lächeln, und in ihm gischtete eine Welle des Mitgefühls.

„Ich werde dennoch für dich beten.", sagte der Reverend trocken und verließ die Zelle, froh, seines Amtes enthoben zu sein.

Der Köhler wünschte sich Whisky, um seine Schmerzen zu betäuben und die Kehle anzufeuchten, die rauh wie eine Bürste war. Der Posten begann wieder monoton auf und ab zu gehen, und in dem geschundenen

Mann auf der Holzpritsche in der stinkenden Zelle erhob sich wieder das alte Lied.

Paul und seine Eltern saßen am Mittagstisch. Das Kind hielt den Kopf gesenkt und rührte mit dem Löffel gedankenverloren in der Suppe. Von Zeit zu Zeit sahen die Eltern sich an, um gleich darauf ihre Blicke wieder scheu voneinander abzuwenden. Der Vater sah sehr müde aus, denn er hatte bis zum Morgen an dem Sarg für Jamie gearbeitet. Er dankte seinem Schicksal, dass Paul nichts geschehen war, zumal das Kind erst spät am Abend heimgekehrt war, und dem Köhler hätte begegnen können. Ihn befiel Abscheu, wenn er an seine Pflicht dachte, dem Köhler aus vollem Herzen verzeihen zu müssen. Er war froh, dass Paul die Beerdigung seines Freundes verschlafen hatte.

„Gott sei Dank sind wir bald vor diesem Teufel sicher!", brach es aus ihm heraus.

„Was wird man mit ihm tun?", fragte sein Sohn mit heiserer Stimme.

„Was den Strolchen zusteht.", antwortete die Mutter.

„Sie bringen ihn um, nicht wahr, Dad?"

„Das wird man gewiss tun; er hat ja gestanden."

Paul verstand nichts mehr. – Ja, er war leichtsinnig gewesen, und nun war Jamie tot, und der Köhler büßte an seiner Stelle. Er wollte seinen Eltern alles sagen. Warum konnte er nicht?

„Komm nie wieder so spät vom Spielen nach Hause!", rief die Mutter, „Wir sind froh, dass dir nichts passiert ist!"

Paul sprang auf und rannte hell aufschluchzend hinaus.

Wieder sahen die Eltern sich an.

„Ich kann ihn verstehen.", sagte der Vater: „Er hat seinen besten Freund verloren, und es hätte gerade so gut ihn selbst treffen können."
Er fühlte die Hand seiner Frau in der seinen und brauchte nicht mehr weiterzusprechen.

IV

Ein paar Meter zum Aufgang der Geisterhöhle stand ein uralter Ahorn. Er schien zwei Kronen zu haben, eine hoch oben, die von Schlinggewächsen unentwirrbar durchzogen war und in der Adler horsteten, eine zweite, die am Boden stand, eine Mischung aus Schilf und übermannshohem Gras und Wiesenblumen und Steinkraut und Waldmeister. Dort spielten die Jungen aus dem Dorf Dschungelkrieg und Verstecken, dort nisteten Perlhühner, und es jagten die Füchse nach Wasserratten. Es waren viele kleine Welten für sich in seinen beiden Kronen, und den Stamm hinauf und hinunter huschten Opossums und Hörnchen. Einsam und geplagt stand der alte Ahorn in der Prärie und hatte den Winden standgehalten und allen großen und kleinen Widrigkeiten. Zäh und männlich schüttelten sich seine Blätter über sich selbst aus: ein ewiges Füllhorn. Hoch überblickte er Waldsäume und Grasland und das blausilbernde Band des Flusses, seines Freundes. Der flüsterte Tag und Nacht: *Hörst du mich? Hörst du mich?*
Ja, ich höre dich, aber sei jetzt einmal still. Ich sehe einen kleinen Jungen weit da draußen in den Sonnenstrahlen laufen. Wo will er wohl hin?

Paul lief den Fluss entlang in entgegengesetzter Richtung wie am Vortage mit seinem Freund, also flussaufwärts. Der Wald lichtete sich und ging in das Grasland über, das von den gebleichten Knochen der Büffel übersät war. Man hatte viel Geld mit den Fellen und Zungen gemacht, und als es nichts mehr zu verdienen gab, hatte man absurderweise die Schuld den Indianern zugeschoben, denn diese konnten sich nicht verteidigen, allein schon aus dem Grunde ihrer Abwesenheit: Sie waren weitergezogen – aus dem Lande, aus der Welt in eine, nach ihrer Auffassung glücklichere Welt, wo der Große Geist noch unvermindert herrschte.

Paul stöberte gern in den mächtigen Knochen herum, voll Ehrfurcht vor diesen großen Tieren. Heute jedoch war er begreiflicherweise nicht an diesem Spiel interessiert. Er saß am Flussufer, grübelte, sah bald in die Richtung des Waldsaumes, bald zu den Felsen hin. Hoch über dem Gipfel stand ein Adler. Auch diese waren schon selten geworden. Paul konnte das Rauschen der beiden Wasserfälle hören. Dort lag die Höhle, zu der nur ein schmaler Pfad steil hinaufführte, unter einem der Fälle hindurch. Er war früher oft in der Höhle gewesen, manchmal auch mit Jamie, denn dort fand man noch ältere Knochen, die aber phantastischerweise von Menschen stammten. Er war lange nicht mehr dort gewesen, denn einmal hatte er am Eingang einen Mann gesehen, der ihm niemals früher begegnet war. Er hatte den neuen Reverend danach gefragt, aber der hatte ihn gehörig ins Gebet genommen und ihm erklärt, dass die Höhle verflucht sei, weil die Bewohner durch die Sintflut umgekommen wären, und alle diese früheren Menschen seien Sünder gewesen. Paul hatte damals den Reverend nicht weiter nach dem Fremden vor der Höhle gefragt. Der hatte im Eingang gesessen und einen Schädel auf den Knien gehabt, den er mit einer merkwürdigen Zange vermessen hatte. Paul hatte sich auch niemals getraut, seine Eltern darüber zu befragen. Er hatte inzwischen, ohne es gemerkt zu haben, das Grasland überquert und sich den Fällen genähert. Er drang in das Flussdickicht ein, das überging in das Gestrüpp, aus dem sich der alte Ahorn erhob. Er musste lächeln, als er daran dachte, wie Jamie und er hier auf Entenjagd gegangen waren.

„Hier soll es Alligatoren geben.", hatte er damals zu Jamie gesagt, um ihm wie üblich Angst zu machen. Er sah noch Jamies erschrockenes Gesicht vor sich und lachte kurz auf, aber dann fiel ihm alles wieder ein, und eine Welle von Weh spülte seine ganze Vergangenheit fort und ließ ihn leer und verzweifelt zusammenbrechen. So trauerte und weinte Paul vor sich hin, bis er mitten im Pflanzengewirr erschöpft in den Schlaf fiel.

Erst als sich die Sonne in den Westen neigte, wachte Paul auf und befreite sich von Ameisen und Ungeziefer. Die Krone des riesigen Ahornbaumes machte den Abend noch schattiger und kühler. Paul sah sich vom Dorf her einige Menschen nähern auf dem Weg, den er auch gekommen war. Paul wartete gespannt, bis sie den Fluss hinauf herangekommen waren. Es waren nur wenige Männer aus dem Dorf, die Paul alle kannte. Der Zug näherte sich in geisterhafter Stille. Er sah zwei Männer, in ihrer Mitte den Köhler, den sie mehr schleppten als führten. Sein Gesicht war schrecklich zugerichtet.

Ich muss ihm helfen!, dachte der Junge, verwarf aber den Gedanken sogleich wieder, denn er konnte sich in seiner Aufregung nicht von der Stelle bewegen. Hinter dem Köhler sah er den Sheriff, den Revolver – den Paul bei den Besuchen im Hause des Freundes immer bewundert hatte – im Rücken seines Opfers. Des Sheriffs Gesicht war wie aus grauem Granit und als läge pulverisierter Zorn darüber. Der Stern reflektierte die Strahlen einer Sonne, die zu dieser Stunde wie ein zitronengelber Ball am Horizont stand. Vielleicht veränderten deren Strahlen die Konturen der Menschen, und Paul schienen sie deshalb so absurd. Als letzte hinter dem Sheriff kamen noch zwei Männer und der Reverend, dessen Hände miteinander zu ringen schienen, während seine Lippen stumme Gebete murmelten. Als die Gruppe vorüber war, und sich der Tumult der Eichhörnchen über ihm wieder beruhigt hatte, ließ sich Paul auf einem großen Wurzelstrunk nieder. Der Kummer darüber, dass er seinem armen verlorenen Freund nicht helfen konnte, ließ ihn erneut bitterlich weinen.

Sie hatten den Köhler in der Höhle wie ein Maultier erschossen, und dort wurde er auch verscharrt. Kein Grabstein und kein Kreuz schmückt heute sein Grab. Einige Zeit nach seinen Erlebnissen ging Paul wieder in die Höhle und legte, seine Angst vor den Geistern überwindend, frische Blumen auf die Stelle, von der er annahm, sie sei des Köhlers Grab. Vielleicht lag aber auch das Skelett eines anderen Menschen darunter – ein Gerippe, so uralt, wie das Rauschen des Flusses.

Inhalt:

Der Autor

Andreas Vierk über sich selbst: „Geboren und aufgewachsen bin ich im Westteil Berlins. Ich bereiste fast alle Länder Westeuropas und schreibe seit meinem zehnten Lebensjahr Prosa und Lyrik. Meine umfangreiche Bibliothek nenne ich scherzhaft ‚Kammer der Weisheit und Frömmigkeit'. Im April 2015 brachte ich meinen Lyrikband ‚Septemberstrand' heraus, in dem ich besonders meine Sonette zusammenfasste. Ich schreibe und atme in Berlin."